萩・津和野・山口殺人ライン

高杉晋作の幻想

西村京太郎

祥伝社文庫

目次

第一章　津和野から消えた女

1

その日、四月十日の午後、警視庁捜査一課の十津川に、府中刑務所の所長から、電話が入った。

「本日午前九時、高木晋作、二十六歳が出所しましたので、そのことをご報告しておきます」

所長が、いった。

「その時、誰か、迎えに、来ていましたか？」

「いや、一人も、迎えに来ていませんでした」

「出所後の、行き先について、高木は、何かいっていました？」

十津川は、気にかかっていたことを、きいた。

「郷里に、帰るといっていました」

「そうですか、郷里ですか？　たしか、山口でしたね？」

「ええ、そうです。山口です」

と、所長が、いった。

それを聞いて、十津川は、気持ちが、少し楽になるのを感じた。

「わざわざご連絡をいただき、ありがとうございました」

丁寧に礼をいってから、十津川は、電話を切った。

高木晋作は、一年前、十津川が担当した事件で、犯人として、逮捕された男だった。

被害者は中西博、五十六歳。隅田川近くの七階建ての、雑居ビルの屋上から突き落とされて、死亡した。突き落としたのは、当時二十五歳の高木晋作である。

犯行時刻は、三月二十五日午後八時。

高木は、殺人容疑で逮捕された。

ところが、この犯行には、目撃者がいた。たまたま隣のビルで、その時、残業していた中小企業の社長が、この犯行の一部始終を目撃し、一一〇番通報したのである。

高木晋作は、駆けつけた警察官に、雑居ビルから、逃走しようとしたところを、現行犯逮捕された。

その社長の証言によると、犯人の高木晋作は、たしかに、ナイフのような凶器を手に持っていたという。

「しかしナイフで刺してもいないし、突き落としてもいない。被害者の男のほうが、恐怖からか、勝手に、飛び降りて亡くなった。高木という男は、何もしていない」

と、証言したのである。

そのため、高木は実刑を受けたものの、懲役一年となった。

犯人の高木晋作は、逮捕された後の取り調べでも、裁判の法廷でも、ほとんど、何もしゃべらなかった。殺意については、否認をせず、最初から中西博を殺すつもりだったといい、そして、動機はときかれると、一言だけ、「恨み」といった。

しかし、どんな「恨み」があったのかは、最後まで、ついにしゃべらず、黙秘を通したのである。

ただ、高木晋作の経歴だけは、十津川たちが調べたので、はっきりした。

高木晋作は、山口県山口市で生まれた。父親の高木茂之は、山口市議会議員で、老舗高級料理店『たかぎ』を経営、母親の友美恵は、中学校の歴史の教師である。

父親の高木茂之は、郷土の英雄、高杉晋作が好きで、一人っ子の、高木が生まれた時、迷わず、晋作と名づけた。

高木晋作は、郷里の高校を出た後、上京して、S大学に入学した。そのS大一年の時、両親が、交通事故に遭い、二人とも、亡くなっている。

運転していたのは父親の高木茂之で、酔っ払い運転だった。運転を誤って、猛スピードでコンクリートの電柱に激突し、母親の友美恵ともども、ほぼ即死だったという。

幸い、父親の高木茂之が、かなりの額の財産を遺してくれたので、アルバイトをする必要もなく、高木は、大学を卒業することができた。

大学卒業後、高木晋作は、定職には就かず、カメラを持っての旅行を楽しみ、そのレポートを、旅行雑誌に投稿し、それが、記事に採用されて、何とか、それを仕事にして、暮らしてきたという。

そして、二十五歳の時、突然、中西博という五十六歳の男を、死に追いやったのである。

被害者、中西博、五十六歳についても、もちろん十津川たちは、調べた。

中西は、犯人の高木晋作と同じ山口県の生まれだが、山口市ではなく、萩市の生まれである。山口市の高校を卒業した後、市内で商売をやっていたが、女性との間にトラブルを起こしたために、山口にいられなくなり、仕方なく大阪に出て、そこでまた商売を始めたという。

死んだ時、中西は、問題の雑居ビルのオーナーになっていた。その最上階の七階に、中西は、事務所を持っていた。

ほかにも、江東区内に、中古のビルをもう一棟所有し、中西興業という会社の社長をやっていた。古いビルを買い取っては改装し、それを貸し出すという仕事である。一応、それで成功しているように、見えた。

問題は、被害者の中西博と、犯人、高木晋作との関係だが、二人の間には、何らかのつながりがあることは、間違いないと思われるものの、十津川たちが、いくら調べても、その点が、全く分からないのである。

犯人の高木晋作は、最初から殺すつもりだったと、殺意を認めたが、動機については、一言もしゃべろうとしなかったからである。

2

十津川が、自分の席にいると、亀井刑事が、そばにやって来て、

「あの高木晋作が、今日、出所したんですか？」

「ああ、午前九時に、出所したらしいよ。府中刑務所の所長が、連絡してくれたんだ。前々から高木が出所したら連絡をくれと、頼んでおいたからね」

と、十津川が、いった。

「やはり、気になりますか？」

「もちろん、気になるさ。ただ、所長の話では、高木は、故郷の山口に、帰るといっていたそうだから、少しは、ホッとしているんだがね」

十津川が、高木晋作という男のことで気にしているのは、高木晋作を逮捕した時、彼が持っていた手帳を見たからである。

そこには、六人の名前が、書いてあった。その名前を、十津川は、今も、自分の手帳に書き写してある。

中西博
仁科修三
仁科亜矢子
原田孝三郎
白石香苗
三浦良介

この六人の名前である。

そして、一番目に書かれた中西博を、高木晋作は、一年前、追い詰めて、殺しているのである。

十津川は、この六人の名前について、何度となく、高木晋作を尋問した。

しかし、高木晋作は、この六人の名前を、どうして、手帳に書いているのか、その理由を、一言も、話そうとはしなかった。

一年前の、捜査の時も、このリストのことが問題になった。一番目に書かれた中西博を、高木は、殺すつもりだったといい、現実に追い詰めて死に追いやっているからである。

とすれば、ほかの五人も、殺すつもりなのではないのかと、考えるのが自然だからだ。

しかし、高木は黙秘した。証拠がない以上、断定するわけにもいかなかった。単なる友人か、あるいは、知人にすぎないのかもしれないし、また、高木晋作は大学卒業後、定職に就かずに、旅行を楽しんでいたというから、その旅行中に、出会った人間かもしれなかった。

高木晋作を逮捕した後、十津川たちは、彼が住んでいた、世田谷区内のアパートを徹底的に調べてみた。三畳と六畳の狭い部屋である。

しかし、その狭い二間のアパートを、いくら念を入れて、調べてみても、六人の名前と関係するようなものは、何一つ見つからなかった。六人に繋がる手紙も写真も名刺も、何も見つからないのである。

次は、高木晋作が、持っていた携帯電話である。その携帯に、六人の名前と住所、それに電話番号が、保存されているのではないかと思ったのだが、誰のデータも保存されていなかった。

保存されていたのは、高木が、旅行先で撮影したと思われる何十枚かの、景色の写真だけだった。

この六人のうち、中西博はすでに死んでいるから、残りの五人と、高木晋作との関係、どこに住んでいて、何をしているのかなど、そういうことは何も分からないまま、高木晋作は、今日、府中刑務所を出所してしまった。

3

一年前、高木晋作が、逮捕された時に持っていたもの、携帯電話、デジタルカメラ、ボイスレコーダー、小さな双眼鏡、それらは出所した時に、返されているはずである。このデジタルカメラ、ボイスレコーダー、双眼鏡は、高木晋作が旅行先で旅行雑誌に投稿する原稿を書いたり、写真を撮(と)ったりする際に、使用していたものである。

十津川にとって、最も気になっていたのは、高木晋作の所持金だった。

亡くなった両親が、残しておいてくれた遺産は、おそらく、まだ五百万円以上は、残っていたはずである。その預金は、高木のアパートがあった、世田谷区三軒茶屋(さんげんぢゃや)のS銀行三軒茶屋支店に開設されていた口座に、普通預金として、残っているはずである。

午後になってから、十津川は、そのS銀行三軒茶屋支店に電話をかけた。

支店長に、高木晋作の預金についてきいてみると、

「高木さまでしたら、今日の午前十時半頃、こちらに、お見えになりまして、全額下ろしていかれました」

「全額というと、いくらくらいですか？」

「正確に申し上げると、五百三十二万六千円です」

「高木晋作は、それを、全額下ろしていったのですね？」

「そうです」

と、支店長が、いった。

それを、どう解釈していいのか。

出所する時、高木は、府中刑務所の所長に、郷里に帰ると、いったという。

「たしか、両親の墓も、山口にあるんじゃなかったですか？」

と、亀井がいった。

「そうだ。山口市内の専佑寺（せんゆうじ）という寺に、高木家代々の墓がある」

「それなら山口に帰って、まずは、両親のお墓参りをするつもりなんじゃ、ありませんかね？　刑期を終えた人間というのは、故郷が恋しくなっていて、たいていまっす

ぐ故郷に帰り、お墓参りをするものですから」

「それなら安心なんだがね」

問題は、高木晋作が、何を考えているのかということだった。

高木が出所した今、十津川が一番気になっているのは、あの名前のリストである。リストにあった残りの五人を、高木晋作は、中西博と同じように、殺すつもりなのではないのか？

そんなことは考えたくないのだが、十津川は、悪いことを考えてしまう。十津川に、そう考えさせてしまうのは、高木晋作の態度だった。

何をきいても、ほとんど何もしゃべらない。そして、十津川が、一番気になるのは、あの目だった。

何かを思いつめたような、あの目である。

十津川が考え込んでいると、亀井が、いった。

「そんなに心配することは、ないんじゃありませんか？」

「どうしてだ？」

「高木は、二十六歳でしょう？　青春の、まさに、ど真ん中といったところじゃありませんか？　一年ぶりに娑婆（しゃば）に出てきたんですから、若い女性を見たら、みんな美人に見えるんじゃありませんか？　そうなれば、結婚して平凡な生活を送りたくなるような、そんな気持ちになるんじゃないかと思いますがね」

十津川は、どうしても、高木晋作のことが、気になって、山口市内の専佑寺の電話番号を調べ、十一日の朝、寺の住職にかけた。

「高木家代々の墓ですが、高木晋作が、お参りに来ていませんか？」

十津川がきくと、住職は、

「まだ、顔は見ていませんが、今朝、高木家代々の墓に、花束が活けられ、夏みかんが供えられていました。ひょっとすると昨夜のうちに、お墓参りに来たのかもしれません」

「最近は、なかったことですか？」

「ここ一年は、全く、ありませんでしたよ」

「高木晋作が、昨日、出所したことは、ご存じですか？」

「ええ。昨日の午後、本人から電話がありましたから。それで、お墓のまわりは、きれいに掃除しておいたのですが」

どうやら、高木は、昨夜のうちに、墓参りもすませているらしい。

4

山口県萩市は、幕末から明治維新にかけての歴史で、彩られている。ひときわ立派な松陰神社を中心に、松下村塾、木戸孝允の旧宅、伊藤博文旧宅、高杉晋作旧宅などがあり、明倫館は、藩校として知られている。

日本海に面した菊ヶ浜は、白砂青松で有名だが、ここも幕末の動乱が、影を落としていた。長州藩は馬関戦争で、英、米、仏、オランダの四国連合艦隊と戦って敗れたため、菊ヶ浜にも、土塁を造ることにした。それが、萩では女台場と呼ばれるのは、武士たちが下関に出陣したため、菊ヶ浜に土塁を造ったのが、武士たちの妻や女中たちだったからである。

菊ヶ浜全体に美しく広がっていた松林も、土塁構築のため、ところどころに、隙間が出来てしまっている。萩城は、今は、石垣だけになっているが、その石垣の間の細い通路を抜けると海岸に出て、小さくまとまった松林が見える。その松林の中で四月十三日の朝、女の死体が発見された。

発見したのは、この近くの旅館の主人で、毎朝、菊ヶ浜の海岸を犬を連れて散歩していた。女性の死体である。死体は背中を二カ所刺されていたので、山口県警の刑事たちがパトカーで、やって来た。

死体の傍には、ハンドバッグが落ちていて、中から運転免許証が見つかったことで、被害者の身元が判明した。白石香苗、三十七歳。住所は、東京の豊島区池袋である。

ほかには名刺も見つかって、それには、「東京池袋　白石宝石店　白石香苗」とあった。

県警の刑事が、電話をかけて、次のことが分かった。

被害者の白石香苗は、その宝石店のオーナーで、四月十日から旅行に出ているというのである。

電話に出たのは、その店の女性従業員で、さらに話を聞いてみると、白石香苗は独身であり、旅行が好きで、年に何回か、一人で、あるいは友人と一緒に、旅行に出かけるのだという。

もう一つ分かったことは、白石香苗は、四月十二日には、島根県の津和野の旅館に宿泊する予定に、なっていたということである。その旅館の名前も分かった。

四月十二日に、白石香苗が、泊まる予定だったのは、津和野の水明館という旅館である。そこで、県警の刑事はその旅館に向かった。

津和野に向かったのは、三十五歳の若い加地警部と、部下の吉田刑事である。

加地が、白石香苗の名前をいうと、水明館の女将は、

「ええ、その方でしたら、四月十二日のお昼ごろ、こちらにお見えになってチェックインなさいました。でも、外出されて、お戻りになっておりません」

と、いう。

加地が、今朝十三日の早朝、萩市の海岸の松林で、死体になって見つかったというと、女将は、顔色を変えて、

「本当でございますか？」

「ええ、本当です。それで昨日、白石香苗さんは、いつ頃、外出されたのですか？」

加地が、きいた。

「昨日の午後三時すぎに、町の中を散歩してくるといわれて、一人で、出ていかれました」

と、女将が、いう。

萩に行くとは、一言もいっていなかったともいう。

だとすれば、白石香苗は、四月十二日の午後三時頃、この水明館を出て、萩に向か

ったのだろうか？

列車を使ったのか、それとも、タクシーを、使ったのか？

「白石香苗さんが、ここに泊まったのは、今回が初めてですか？」

加地が、きいた。

「去年の十月頃にも、お見えになりました。今回が二回目です」

と、女将が、いった。

「その時には、どのくらいの期間、ここに泊まっていったのですか？」

「一週間お泊まりでした」

女将は、その時の宿泊者名簿を持ってきて、見せてくれた。

たしかに、白石香苗という名前があり、去年の十月六日から一週間、泊まったことになっていた。

「一週間も、泊まっていたとすると、白石香苗さんは、津和野が好きだったんですかね？」

「それは、分かりませんけど。その時は、何でも、こちらに、知り合いがいると、そういって、いらっしゃいました」

「知り合いがいる？　どういう知り合いですか？」

「いえ、それは、分かりませんけど」

と、女将が、いった。

その、津和野にいるという知り合いが、犯人なのだろうか？

今回も、同じ知り合いに会うために、この津和野に、やって来たのだろうか？　それならなぜ萩で死体が発見されたのか？

「この白石香苗さんというのは、どういうお客さんでしたか？」

加地が、きくと、女将は、急に、目をしばたたいて、

「去年の十月に、お出でになった時、白石香苗さまのお世話をした仲居がいるんですけど、お帰りになられる時に、いろいろと、面倒を見てもらったお礼だといって、きれいなブローチを、プレゼントしてくださったんですよ。何でも、東京のご自分のやっている宝石店では、十万円以上するものだとおっしゃって、仲居も喜んでいたんですけど、その仲居が、たまたま、お金が必要になったので、そのブローチを質屋に持っていったら、それほど高価なものではない、といわれたといって、ガッカリしていましたよ」

と、いった。

「白石さんは、携帯電話を持っていましたか？」

「はい。お着きになってすぐ、どこかへ、携帯をおかけになっていましたから」

だが、死体発見現場に携帯電話はなかった。

5

白石香苗の死体は、司法解剖のために、山口市内の大学病院に運ばれた。

萩警察署に、捜査本部が置かれ、白石香苗が東京に住み、東京で宝石店を、経営していることから、警視庁に、捜査の協力が要請された。白石香苗が、どんな性格の女性なのか、交友関係は、どうなっているのかなどを、警視庁に、調べてもらうためである。

山口県警から協力を要請された警視庁捜査一課では、たまたま担当する事件がなかった十津川班が、白石香苗という女性について調べることになった。

というよりも、十津川のほうから、本多一課長に、この件を調べさせてほしいと、申し入れたのである。

十津川は、本多一課長に、去年の三月に起きた事件のことを話した。

「あの事件で逮捕した高木晋作という犯人ですが、四月の十日に、府中刑務所を出所しました。高木が持っていた手帳に、六人の名前が書いてありまして、一番最初の中西博を脅迫し、死なせた罪で、高木は逮捕されたのですが、五番目に、白石香苗という名前が書いてあったのです」

十津川は、自分の手帳に書き込んだ六人の名前を、本多一課長に示した。

「このリストが、前々から、ずっと気になっていたのですが、ひょっとすると、今回の白石香苗は、高木晋作の手帳にあった六人の中の一人、白石香苗と同一人物かもしれません」

「それを、証明できるのか？」

と、十津川が、いった。

「それは、まだ、分かりません。ですから、調べてみたいのです」

十津川班の西本（にしもと）と日下（くさか）の二人の刑事が、白石香苗が経営している、池袋の白石宝石店に向かった。

雑居ビルの三階にある、中堅クラスの宝石店である。

店にいたのは、女店員が五人だった。マネージャーの女性と、殺された社長の白石香苗の七人で経営している店だという。

早坂（はやさか）というマネージャーは、死体の身元確認のために、山口に、向かったという。

五人の女店員は、誰もが落ち着かない様子で、一人が、

「社長が、こんなことになってしまったので、仕事に、身が入りません。店を閉めてよろしいですか？」

と、いった。

西本はOKを出し、店を閉め、その中で、話を聞くことにした。

五人の女店員のうち、一番古い店員は、五年前からここで働いているが、社長の白石香苗という女性が、どんな人間なのかは、あまりよく分からないと、いった。

「この店は、儲かっているのですか？」

西本が、単刀直入に、きいた。

「ええ、儲かっていると、思います。給料は、毎月二十五日に、遅れることなくちゃんと払ってもらっていますし、ボーナスも年二回、出ていますから」

と、その女店員はいったが、女店員の中には、なぜか、当惑したような表情になっている者もいた。

それを見逃さずに、日下刑事が、

「儲かっているけど、何かおかしいことでもあるのですか？」

と、その女店員に、きいた。

その女店員は、すぐには、返事をしなかったが、重ねて、日下が、きくと、

「実は、変なウワサもあるんです」

と、いった。

「どんなウワサですか？」

「以前ですけど、一千万円単位の宝石の売買があって、ウチの店が売った宝石が、高価すぎるのではないかと、訴えられたことがあるんです」

「ニセ物を売ったんですか？」

「いえ、それは、私たちには分からないのですが、買ったほうが騙された、ニセ物をつかまされたといって、裁判沙汰になったんです。そのお客さんが、ニセ物だといって持ってきた宝石を、社長が、これはウチが売ったものではないといって、裁判になって、それが水掛け論になって、結局、ウヤムヤになってしまったんですけど、あの時は、お店がなくなってしまうのではないかと思って、本当に心配でした」

と、彼女が、いった。

「社長の白石香苗さんが、法外な値段で売ったということで、警察沙汰になったことはあるんですか？」

と、西本が、きいた。

「それは、聞いたことがありません。社長はいつも、ウチでは、絶対に、本物しか売らない。ニセ物は、一切扱っていないと、いっていました。それに今は、宝石のニセ物は、鑑定すれば、すぐに分かりますから。ただ、相場より高いかどうかは、売り方によって違ってくるでしょうから……」

女店員のことばには、とまどいのようなものがあった。

「しかし、お客から、訴えられたことはあるんですね?」

「ええ」

「今、あなたが話されたこと以外にも、ありますか?」

と、日下が、きいた。

「私の前に、ここで働いていた女性がいるんですけど、その人は、この店は宝石を、相場の数倍の高値で売っていると、新聞記者に話したので、そのことを怒った社長が、その人を、クビにしてしまったらしいんです」

「その女性は、本当のことをいったんでしょうか?」

「それは、分かりません」

と、もう一人の女店員が、いう。

どうやら、そういうウワサが、流れたのは本当らしい。

殺された社長の白石香苗は、この店から歩いて十五、六分のところにあるマンションに、住んでいたという。場所をきいて、西本と日下は、そのマンションに向かった。

6

十八階建ての豪華な、高層マンションだった。地下は、駐車場になっている。その最上階、十八階に、白石香苗が住んでいた部屋があった。

西本と日下は、管理人に警察手帳を見せて、部屋を、開けてもらった。

３ＬＤＫの広い部屋である。

豪華というよりも、やたらにピカピカしている感じの部屋だった。調度品は全て、何やら王朝風で、クロークに入っているドレスや靴やバッグなどは全て、ブランド物だった。

寝室には、大きな金庫があり、西本が鍵(かぎ)の専門店に電話をして、その金庫を、開けてもらった。

中に入っていたのは、五億円の定期預金の証書と、何本もの金塊(きんかい)だった。それを確認して、金庫を再び、施錠(せじょう)した。

広いリビングルームの壁には、大きな等身大の写真が飾(かざ)ってある。よく見ると、白石香苗の二十代のころの写真だった。

その写真を見ると、二十代のころには、どうやら、白石香苗は、ダンサーをやっていたらしい。

部屋全体のピカピカ光る感じが、何か不正の臭(にお)いのようなものを、二人の若い刑事に、与えた。

その後、西本と日下の二人は、同じ池袋にある、同業の宝石店を訪ねて歩き、白石宝石店の評判を、きいてみることにした。

すると、

「あの店の女社長は、なかなか、よくやっているね」

という同業者もいたが、反対に、

「どうも、あの店からは、安物を高く売っているんじゃないかとか、よくないウワサが、伝わってくる。こちらまで、不正な商売をやっているのではないかと、思われてしまうので、困っている」

という同業者も、いた。やり手の女性経営者に対する、複雑な思いがあるのかもしれない。

二人の刑事は、捜査本部に戻ると、そのまま十津川に、報告した。

「君たちに、もう一つ、きいてきてほしいことがあったんだが」

十津川が、いうと、西本は、うなずいて、

「警部がいわれるのは、高木晋作のことでしょう？　もちろん、今日会った人間には、全て、きいてみました。しかし、誰も、白石香苗から、高木晋作という名前を、聞いたことがない。また、高木晋作という名前の男が、店に来たこともない。そういう返事でした」

と、いった。

7

十津川は、西本と日下の二人が、白石香苗について調べた結果を、山口県警に送る時、高木晋作の写真も一緒に送った。

高木晋作が、一年前の三月二十五日に、中西博という、当時五十六歳の貸しビル業の社長を、ビルから落下させて死に追いやったために、一年間の実刑を受けて服役し、刑期を終えて、出所したことを書き、それに加えて、高木晋作が持っていた手帳にあった六名のリストも同時に、山口県警に送りつけた。

その日の夜になって、山口県警の加地警部から、十津川に、電話が、入った。

「いろいろとありがとうございました。十津川さんが送ってくださった、あの六名のリストを見て、ビックリしました」

と、いう。

「実は、こちらでも、萩市の菊ヶ浜で白石香苗という女性が、殺されたと聞いた時には、六人のリストを思い出して、驚いたんですよ」

「それで、十津川さんは、今、どう考えておられるんですか？　こちらで殺された白石香苗ですが、リストにある白石香苗と、同一人物だと思っていますか？」

当然の質問だった。

「白石という苗字(みょうじ)は、それほど、珍しい姓ではありません。しかし、名前の香苗は、珍しい名前だと思うんですよ。香里(かおり)とか香奈子(かなこ)という名前の女性は、珍しくありませんが、香苗というのは、私も初めて聞いた名前です。普通に考えれば、リストにある白石香苗と、殺された白石香苗は、同一人物ではないかと思っています」

「同感です」

「そこで、白石香苗がオーナーをやっていた、東京・池袋の宝石店について、部下の刑事を二人やって、調べさせたのです。その結果は、そちらに届いていると思いますが、いいウワサもあれば、悪いウワサも聞こえてきました。ただし、五人の女性店員は、高木晋作という名前は聞いたことがないし、その名前で、宝石を買っていった客も、いないというのです。去年の三月に、高木晋作が、中西博を殺して逮捕された時も、高木晋作と中西博の、二人の関係を調べたのですが、二人の接点は見つかりませんでした」

「そちらから送られた高木晋作の顔写真を、刑事に持たせて、もう一度、津和野の水明館に行かせました。しかし、水明館の女将も従業員も、高木晋作の顔写真には、全く、見覚えがないし、名前を聞いたことがないというのです。白石香苗ですが、去年も十月六日から一週間、水明館に、泊まっています。しかし、このことが、高木晋作と、関係があるとは思えません」

「そうですね。去年の十月といえば、高木晋作は実刑を受けて、府中刑務所に、入っていましたから」

と、十津川はいい、続けて、

「山口県警では、これから、どう、捜査を進めるつもりですか？」

「こちらとしては、高木晋作という二十六歳の男が、容疑者第一号です。十津川さんから、高木晋作は、四月十日の午前中に府中刑務所を出所し、その日の夜に、山口市内の両親のお墓参りをしていると聞いたので、まだ、山口市内か、少なくとも、近隣にいるものと考えて、萩、津和野、山口、下関など主な場所に、写真のコピーを、配ることにしています」

「菊ヶ浜で発見された、白石香苗の死体には、背中に二カ所、刺された痕があったそうですが、司法解剖の結果は、どうでしたか？」

「死因は、鋭利な刃物で、背後から、二カ所刺されたことによる出血多量で、一カ所は、心臓にまで達していたことが、分かりました。死亡推定時刻は、四月十二日の午後十時から十一時です。東京のケースと、殺人の方法が異なるのが、気になりますが」

「いや、私は、違わないと思います」

「どうしてですか？」

「高木晋作は、ビルの屋上で、中西博をナイフで脅かしています。中西は、それに脅えて、屋上から、転落してしまいました。それが死因です。もし、中西博が屋上から落下せずに、抵抗していたら、高木晋作は、手に持っていたナイフで、中西を刺していたに違いないのです。ですから、二つの事件の殺人方法は、よく似ていると、思っています」

「そう考えれば、確かに」

「こちらから加地さんに、一つ、お願いがあります」

「何でしょうか？」

「高木晋作の両親は、高木が東京のS大に入学したその年に、山口市内で、交通事故を起こして死んでいます。運転していたのは、父親の高木茂之で、酔っ払い運転で、コンクリートの電柱に激突し、同乗していた妻の友美恵とともに、即死といわれています。しかし、二度の殺人事件のあとでは、この交通事故にも、疑いの目を向けざるを得ないのですよ」

「分かりました。その事故に関しては、もう一度、詳しく調べてみます。何か分かったら、すぐお知らせしますよ」

加地は、約束してくれた。

8

一日置いて、山口県警からファックスが届いた。

〈高木晋作の両親、高木茂之、友美恵の交通事故について、報告します。

問題の事故が起きたのは、今から七年前の十月二十日の夜、正確には午後八時五分です。

当時、高木茂之は、老舗の高級料理店『たかぎ』を山口市内で経営するかたわら、山口市の、市議会議員を務めていました。

『たかぎ』は、三代続いた料理店で、従業員は、十五名です。茂之は面倒見がよく、人望があったので、当時、山口市の飲食業組合の、組合長をやっていました。

当時、茂之が五十二歳、友美恵は四十八歳でした。

この日、店は定休日で、夕食の後、高木夫妻は、車で出かけました。二人とも亡くなっているので、どこに行くつもりだったのかは不明です。

事故が起きた場所は、山口市の郊外、下関方面に向かう道路上ですが、車の通行も少なく、普通に考えれば、事故が起こるような場所ではありません。

高木夫妻の車、ベンツは、五年前から乗っていた車ですが、その車が、コンクリートの電柱に激突して車は大破、夫妻とも、全身を強く打って、即死の状態でした。ブレーキ痕はありませんでした。

この事故を、調べたのは、山口警察署の交通課ですが、父親、高木茂之を、司法解剖した結果、胃の中から、かなりの量のアルコールが、検出されたので、飲酒運転と、断定されました。

亡くなった高木茂之が、以前から、酒が好きだということは、多くの友人、知人たちが、知っていましたが、彼も自覚していて、山口の市議会議員や、飲食業組合の組合長を、やっていたこともあり、車の運転の時には、酒を飲まないように努めていたそうなのです。

それなのに、なぜ、この夜に限って、酒を飲んで運転していたのかは、不明ですが、結局、この交通事故は、高木茂之の飲酒運転が原因による事故として、処理されました。

事故の知らせを受けて、当時、東京のS大学の一年生だった、息子の高木晋作は、すぐに帰郷しました。本来であれば、一人息子の彼が、三代続いた高級料理店

『たかぎ』を継ぐべきでしたが、葬儀の後、すぐ店を処分して、東京に、舞い戻ってしまったのです。

このことについて、友人、知人たちは、なぜ、一人息子の晋作が継がなかったのか、なぜ、三代続いた老舗の高級料理店『たかぎ』を、あっさり畳んでしまったのかと、今でも、不思議に思っていると、口を揃えていっています。

何か、よほどの事情があったに違いないと、いう人もいます。

この時、高木晋作は、年齢十九歳です。

以上、ご報告します〉

十津川は、ファックスに、複雑な思いで目を通した。

この報告書によれば、七年前の、高木夫妻の交通事故は、飲酒運転による事故として、処理されたが、疑問を持つ者もいたらしい。

高木晋作が、一年前の殺人事件で、逮捕された時、十津川も、交通事故について、質問している。

十津川が、両親の交通事故について質問したのは、高木晋作が、中西博を殺すつもりだったと、自供しているのに、動機については、一言も語ろうとしないからだった。

そこで、七年前の、両親の交通事故が関係していたのではないかと考えたのだ。

この交通事故が、単なる飲酒運転によるものではなく、何者かによって、事前に計画され、それに、中西博が、絡んでいるのではないか？　それを知って、高木晋作が、中西博を追いつめて、殺したのではないのか？

しかし、その時、高木晋作は、十津川の質問に対して、

「昔から、オヤジが酒好きなのは、知っていました。だから、酒のせいで、事故を起こすのではないかと、心配していたんです。酔っ払い運転で、両親が亡くなったと聞いた時も、とうとうやったかとは思いましたが、それだけです。あの事故に、何か裏があるのではないかとか、誰かが、仕組んだのではないかなんて、考えたことは、一度もありませんよ」

と、いったのである。

そして今、山口県警からの、報告によれば、七年前の高木夫妻の交通事故は、飲酒運転による事故死とされたと、書かれていた。

とすれば、高木晋作が、中西博を殺したのは、両親の交通事故とは、何の関係もないことになるのか？

その中西博殺しは、犯人の高木晋作が、一年の実刑を受けて服役したので、形としては終わっているのである。

だが、十津川は、苛立っていた。高木晋作が手帳に残していた六人の名前のせいである。最初の中西博が死に、さらに白石香苗が、山口県の萩市で殺されたとなると、十津川は、ますます、このリストが、気になってくるのだ。

白石香苗は、萩市の松林の中で死体で発見された。当然、捜査は、山口県警が担当する。

そうなると、十津川は、一人目の中西博の殺人事件は、すでに終了してしまったので、捜査の協力はできるが、こちらで捜査を再開するわけにはいかないのである。

十津川には、どうにも歯がゆくて、仕方がないのである。

十津川は、落ち着けず、山口県警の加地警部に、電話をかけた。

「高木晋作は、見つかりそうですか？」

「先日も、申し上げたように、高木晋作の顔写真を、多数コピーしまして、山口県内の派出所、警察署、ホテルや旅館、さらに、飲食店などに配りました。高木晋作を、目撃した人がいれば、すぐ、最寄りの警察に、連絡してほしいと書いてです」

「それで、結果は？」

「それから、二日間が経っているのですが、残念ながら、目撃者は、現れていません」

「目撃者ゼロですか？」

思わず、十津川の声が、大きくなった。

高木晋作は、消えてしまったのか？

9

「いや、三件だけ、電話がありましたが、刑事が行くと、高木晋作ではなくて、結果的にゼロということです」

「山口市内の専佑寺に、両親の墓があるのですが、高木晋作は、そこにも現れていませんか？」

と、十津川が、きいた。

「専佑寺には、私も行ってみました。両親が経営していた高級料亭『たかぎ』から、歩いて十五、六分のところにある寺ですが、四月十日の夜に来たのではないかと、住職は、いっていましたが、その後、高木晋作らしい人間は、見てはいないという話でした。十津川さんは、高木晋作が、この寺に、もう一度現れると、考えているんですか？」

「私は、今、こんなことを、考えているんです。七年前に、高木晋作の両親は、交通事故で、亡くなった。もしそれが、誰かによって仕組まれた事故だったとすれば、高木晋作は、復讐のため、山口で、犯人の一人、白石香苗を殺した。両親の仇を討ったとすると、その報告のために、専佑寺に、行っているのではないかと、考えたんですがね」

「なるほど。七年前の両親の事故死が、単なる飲酒運転による交通事故ではない。作られた交通事故、つまり、殺人だと？」

「そうです。可能性はあると思っていますが、今のところ、証拠が全くありません。それに、高木晋作が、中西博を殺したのは、事実ですが、今回、彼が、白石香苗を殺したかどうかは、まだ、はっきりしていません。今、私が、仇討ち殺人といったのは、それで、辻褄が合うと思っただけで、何の証拠もないのです」

十津川は、正直に、いった。

「今、例の六人のリストを、見ています」

と、加地が、いった。

「中西博と白石香苗が殺されました。こうなると、十津川さんは、当然、残りの四人が、心配になってくるんじゃありませんか？」

「もちろんです。もし、四人のうちのだれかが、殺されたら、何の証拠もなくても、犯人は、高木晋作だと考えますよ」

十津川が、答えた。

「仁科修三、仁科亜矢子、その後に続く、原田孝三郎と三浦良介、この四人については、十津川さんのほうでは、どこまで、分かっているんですか？」

「申し訳ないのですが、何も、分かっていないのです。住所も分からないし、どんな仕事をやっているのかも分かりません。どこをどう探せば、四人が見つかるのか、見当もついていません。お手上げです。まさか、新聞の尋ね人の欄に、広告を出して、呼びかけるわけにも、いきませんからね」

十津川は、舌打ちをしたい気持ちで、いった。

「四人が、現在、山口県内に、住んでいる可能性も、あるわけですね？」

「その通りです。今、四人とも、山口県内にいるとすれば、東京のような大都会とは違って、少しは、見つけやすいのではありませんか？」

十津川が、いった。

加地は、しばらく考え込んでいたが、

「私は、十津川さんがいったことを、実行してみようかと思います」

「私がいったこと？」

「尋ね人の新聞広告ですよ。高木晋作が、どこにいるのか全く分かりません。この状況で、彼が、四人のうちのだれかを殺そうとしていても、警察としては防ぎようがありません。高木晋作を、見つけ出すか、四人を見つけるか、どちらかでないと、防ぎようがないと、思うのですよ。ですから、四人に向かって、新聞の尋ね人の欄で、呼びかけてみようと思うのです」

10

翌日の午後、今度は、加地のほうから、電話が入った。

「県警本部長の許可が下りたので、さっそく、当地の新聞に、例の四人に対して、呼びかける広告を載せました。その広告の載った新聞を、そちらに送りましたので、今日中に、着くと思います。それから、高木晋作が、山口にいたことが、確認されました」

その加地の言葉に、思わず、十津川は勢い込んで、

「高木晋作の目撃者が、現れたんですか？」

「いや、そういうことではないんです。例の専佑寺の住職から、今朝早く、捜査本部に、電話がありましてね。こちらから何回も電話をしているので、住職も、気にかけてくれていて、今朝早く、高木家のお墓を見に行ったら、昨夜のうちに、花が活けられ、お供えの果物が、置かれていたというのです。高級料亭『たかぎ』が、七年前になくなった後、高木家の墓には、ほとんどお参りする人もいなかったのに、ここにきて、四月十日の夜と、昨日の夜の二回、花と果物が捧げられているというのですよ。これは間違いなく、高木晋作が、置いたに違いないと、住職はいっているのです」

「それで、高木晋作は、まだ山口にいると、加地さんは、判断されたわけですか？」

「十津川さんの推理が、当たったんですよ。六人のリストの一番目の中西博を、まず東京で、高木晋作が殺した。そして刑期を終えて出所した後、専佑寺の高木家のお墓に、その報告をしたとみていいんじゃありませんか？　今度は、萩で、白石香苗を殺し、その報告をしに、専佑寺に行くんじゃないかと、十津川さんは、いわれました。住職の話を信じれば、間違いなく、高木晋作は、昨夜、高木家の墓に、花と果物を供えているのです。普通、こんな短い間に、二度も続けてお墓参りをするというのは、

あまりないですから、白石香苗を殺したことを、両親の墓前に報告に行ったとしか思えません。もちろん、白石香苗を殺したのが、高木晋作だとしてですが」

加地が、いった。

「白石香苗が殺されたのは、四月の十二日でしたね？」

「死体が発見されたのは、四月十三日の朝で、死亡推定時刻は、前日十二日の、午後十時から十一時の間です」

「今日は四月の十六日です。白石香苗を殺したのが、高木晋作だとすると、すでに、丸四日間、高木晋作は、津和野、山口の近辺にいたことになりますね？」

「それを、私も考えています。十津川さんもおっしゃったように、丸四日間、高木晋作は、津和野か山口辺(あた)りに、いた可能性があります。大胆に推理すれば、次の人間を殺すつもりで、まだこの近くにいる。四人のうちの一人か二人、もしかしたら四人とも、現在、山口にいるかもしれません」

「同感です」

「もう一度、捜査員を増やして、山口県内のホテル、旅館、ペンションなどを、徹底的に、洗ってみるつもりです。何としてでも、三人目の殺人は、防がなくてはなりませんから」

11

その日のうちに、加地がいった山口県の新聞が、送られてきた。『山口新報』という、地方新聞である。

添えられていた加地のメモによると、山口の地方紙としては、最も多い部数を誇る新聞で、発行部数は、約五万部と書かれてあった。

尋ね人の欄には、次のような言葉が並んでいた。

〈仁科修三様、亜矢子様、原田孝三郎様、三浦良介様。至急連絡をしてください。風が強くなったので、お友だちが心配しています〉

名前の代わりに、携帯電話の番号が二つ、記入してあった。

加地の手紙によれば、携帯の番号二つは、彼の携帯の番号と、部下の吉田刑事の携帯の番号だという。

十津川は、その新聞広告を、亀井刑事にも、見せて、感想を、聞いた。

「この広告は、本人たちが、必ず見ますね。百パーセント、間違いないと思います」

亀井が断言した。

「カメさんが、確信する理由は、何なんだ？」

「四人が、リストの中に入っているからですよ。六人の中の、中西博と白石香苗の二人が、すでに殺されています。このリストが、どういうリストなのかは分かりませんが、六人が、何かのグループだとすると、他の四人は、次に殺されるのは、自分ではないかと、不安でいっぱいだと思うのです。テレビや新聞には、神経質なほどに、目を通しているはずです。そう考えると、この『山口新報』の尋ね人の広告を、彼らは、必ず見ると、思いますね」

「同感だが、県警の話では、高木晋作も、山口にいるらしい。高木晋作だって、警察やマスコミの動きには、敏感になっているはずだよ。従って、この広告を、四人が見たとしても、高木晋作も見たに違いないんだ」

十津川がいうと、亀井も、うなずいて、

「その点は、警部に同感です。この広告は、その意味で、諸刃の剣に、なるかもしれませんね」

十津川は、苛立ちが、続いていた。

何としてでも、三人目の犠牲者は、出したくない。それだけは、絶対に、防ぎたいと思っている。

だからといって、白石香苗は、東京で殺されたわけではないので、自分たち警視庁捜査一課が、前面に立って、捜査を進めるわけにもいかない。

十津川は、三田村（みたむら）と北条早苗（ほうじょうさなえ）の二人の刑事を呼んで、白石宝石店に、行ってくるようにと、指示した。

部下の刑事には、以前にも白石宝石店に行かせて、オーナーの白石香苗と高木晋作との関係を調べさせたのだが、今度は、白石香苗と、あとの五人の関係を、調べるよう、指示したのである。

六人のリストが、何を意味しているのか未（いま）だ分からない。

しかし、高木晋作が、六人の名前を、並べて手帳に、書き残したことを考えると、この六人には、何らかのつながりがあるに違いないのだ。

三田村と北条早苗の二人は、池袋の白石宝石店に、足を運んだ。

オーナーの白石香苗は、殺されてしまったが、早坂弘子（ひろこ）というマネージャーが、店を閉めずに、営業していたので、二人の刑事は、早坂と五人の女性店員に、話を聞くことができた。

二人の刑事は、中西博、仁科修三、仁科亜矢子、原田孝三郎、三浦良介、この五人の名前を書いたメモを、早坂マネージャーや、五人の女性店員に見せた。白石社長から今までに、この五人の名前を、聞いたことはないか。また、この五人が、店に来たことはないかと、きいた。

しかし、早坂も、五人の女性店員も、白石から、この五人の名前を聞いたことはないし、店に来たこともないと、いった。

宝石店らしく、常連客のリストがあったが、それを見ても、五人の名前も、そして、高木晋作の名前も見当たらなかった。

三田村と北条早苗の二人は、今度は、白石香苗が住んでいたマンションに行き、部屋に入って、片っ端から、調べていった。

前には、高木晋作について調べたのだが、今回は、中西博以下、五人の名前がないかを、徹底的に調べたのである。

だが、いくら調べても、五人の名前は見つからなかった。

山口県警では、『山口新報』に載った尋ね人の広告に、期待をかけていたのだが、加地の携帯も、吉田刑事の携帯も、一向に鳴らなかった。

東京でも山口でも、捜査は、全く進展する気配がなかった。

第二章　無人島の溺死体

1

十津川は、焦っていた。

白石香苗の死体が、萩市の菊ヶ浜の海岸で発見されてから、すでに十日が過ぎているというのに、依然として、山口県警からは、容疑者についての連絡がないのである。

十津川は、第一容疑者は、出所したばかりの高木晋作だと思っているのだが、高木晋作の行方も杳としてつかめないのである。

それだけではなく、一年前に殺された、中西博という男、そして、今回殺された白石香苗という女性、この二人の関係も、依然として不明のままである。

十津川は、菊ヶ浜で、白石香苗の死体が発見された直後、山口県警の加地警部と、今回の事件について話し合っている。その時に、高木晋作の写真を数枚、加地警部に渡してあった。

加地は、捜査に当たって、高木晋作の顔写真を何枚もコピーし、それを部下の刑事たちに持たせて、死体発見現場の周辺を、何度となく聞き込みをさせているのだが、今のところ、高木晋作を目撃したという人間は、まだ現れていなかった。

もちろん、十津川たちは、東京で、白石香苗についての捜査を続けている。捜査の主体は、あくまでも山口県警なので、東京に捜査本部を、設(もう)けるというわけにはいかないが、三上(みかみ)刑事部長は、十津川を中心とした七人の刑事を、この事件の捜査に当たらせていた。

このままでは、三人目の犠牲者が出るのではないかという、不安があったからである。

十津川たちの手帳には、今も、六人の名前が書き込まれている。この六人の関係が、明らかになれば、捜査は間違いなく、大きく進展するだろう。

それは、分かっているのだが、いくら捜査を続けても、依然として、分からないままなのである。

「犯人が、高木晋作だとすれば、中西博と白石香苗の二人を殺した動機は、いったい何だろうか？」

と、十津川は、刑事たちに、質問してみた。

「高木晋作は、現在、二十六歳です。そのうちの一年間は、刑務所に入っていますから、シャバにいる間に、中西博と白石香苗の二人を殺さなくてはならない、何らかの動機を身につけたことになります。私は、高木晋作の二十五年間を考えてみたのですが、殺人の動機になりそうなことといえば、何といっても、彼の両親の事故死です。東京で、五十六歳の中西博は、自分の持っているビルの屋上から転落して、死亡しましたが、今度は、池袋で宝石店を経営していた、白石香苗が、萩で、何者かによって殺害されました。この連続殺人事件の犯人が、高木晋作ならば、動機として唯一、考えられるのは、彼の両親が事故で死んでいることです。これ以外に、殺人まで犯すような動機というのは、見当たりません」

亀井が、いうと、西本刑事は、

「しかし、両親の死は、高木晋作の父親の酔っ払い運転による事故死ですよ。山口県警の加地警部に送ってもらった、事故調書に目を通しても、不審な点はありませんでした。父親の過失による単なる事故死なのに、それを恨みに思って、高木晋作が、二人もの人間を、殺したとは、とても思えませんが」

たしかに、十津川も、この自動車事故について、関心を持ち、その調書に、何回も目を通している。

司法解剖が行われたのは、高木茂之は、たしかに、酒好きではあるが、市議会議員という要職にあり、酔っ払い運転をするような、そんな軽率な人間ではないという声があり、何者かによって、事故に見せかけて、殺されたのではないかというウワサもあったので、はっきりさせるためだったという。

しかし、司法解剖の結果、殺害を裏づけるような外傷はなく、血液中から、アルコール分が検出された。

また、高木茂之、あるいは、妻の高木友美恵が、人から脅迫されていたとか、他人ともめていたことがなかったかを調べた結果からも、殺人の可能性が、何も見つからなかったので、酔っ払い運転による交通事故死と断定されたと、調書には、書かれてあった。

「七年前のこの事故については、山口県警でも、最初のうちは、事件ではないかと疑っていました。何しろ、高木茂之は五十二歳の市議会議員で、妻の友美恵も、中学校の教諭ですから。そんな夫妻が、酔っ払い運転で、事故を起こすなんてことは、まず考えられないですからね。しかし、この事件は、すでに七年前に、解決しています。それに対して、一人息子の高木晋作が、両親の死は、殺人によるものだと考え、復讐しているとみるのは、少しばかり無理があるように思えるんですが」

三田村刑事が、西本刑事に同調して、いった。

「事故で死んだ高木夫妻と、殺された中西博、白石香苗の二人とは、何か接点が、あるんでしょうか？」

日下刑事が、十津川にきく。

「その点を山口県警の加地警部が、調べてくれたが、今までのところ、接点らしいものは、何も見つかっていないと、連絡してきている」

たしかに、山口県警は、七年前の高木夫妻の死亡を、単なる交通事故として、処理してしまっている。それにもかかわらず、十津川が、不安になってくるのは、やはり、高木晋作の手帳に書かれていた六人の名前のためである。

しかし、残りの四人とも、依然として身元不明だし、何としても消息がつかめないのである。

時間だけが空しく過ぎていく。

その間に、一年前に殺された中西博が経営していた貸しビル業だが、経営者の中西が死んだために、黒字なのに、銀行からの資金が、止まってしまい、黒字倒産してしまった。

この結果を受けて、三上刑事部長は、十津川たち七人の刑事で、捜査会議を開くことにした。

「君は、この結果を、どう見たらいいと思うかね？」

三上が、十津川に、きいた。

「この件について、先刻、山口県警の加地警部とも、電話で話し合ったのですが、中西博にしても、白石香苗にしても、おそらく、かなりきわどい商売をしていたのではないかということで、意見が一致しました。中西博は、貸しビル業で、成功を収めているといわれていましたが、相当無理な経営を、やらざるを得なかったのではないでしょうか？　そのため、銀行が、突然、融資を打ち切って、黒字倒産してしまったことも、分かるような気がするのです。つまり、オーナー中西博の強引なやり方で、何とか利益をあげていたのではないでしょうか？　それで、オーナーが亡くなってしまうと、突然、銀行が融資を断ってきたのではないのかと、私も、山口県警の加地警部も、考えました。同じようなことは、白石香苗の宝石店にも、いえるのではないか。

前々から、相場の数倍もする高値で、宝石を売りつけられたとか、またブランド物だという指輪やイヤリングを買ったが、これは本物なのか、といった問い合わせが、何件かあったようです。同業者にも、よからぬウワサが流れていました。幸い、白石宝石店のほうは、経営を引き継いだ早坂というマネージャーが、堅実な経営をしているようで、倒産にはいたっていませんが、白石香苗が社長だったころは、いろいろとあったようです」

「そうなるとだな」

三上は、強い目で、十津川を見た。

「中西博も、白石香苗も、かなりのワルに見えてくるじゃないか？　もし、二人が本当のワルだとすれば、高木晋作に、何らかの恨みを買った、ということも考えられる。しかし、手帳にあったリストは六人だ。あとの四人も同様に、高木晋作に狙（ねら）われているとすると、六人がグルになって、高木晋作の恨みを買うようなことをした、としか考えられないが……」

「そうです。その可能性があるので、この先のことが不安になってくるんです」

「残り四人の居どころは分からず、職業も分からない。まったく雲をつかむような話だ。どこから捜査を進めるか、だな」

「五里霧中（ごりむちゅう）とは、このことです」

十津川は、正直にいった。

残りの四人は、今、どこにいるのか。いったい、何をやっている人物なのか。それが分からなくては、打つ手がなかった。

2

今年の夏は、少しばかり、梅雨（つゆ）が明けるのが遅かったが、いったん、梅雨が明けると、今度は、猛暑が連日続いた。

七月、八月は、毎日、うんざりするような暑さである。

九月の初めも、依然として残暑が続いたが、九月の十日を過ぎると、暑さも、やっと遠のいていった。

そんな九月十五日、朝刊に、目を通していた十津川は、ある記事に、強いショックを受けた。

小さな記事である。見出しも小さい。

〈沖縄の無人島で、半裸の生活を送っていた男が死亡〉

それが見出しで、続く記事は、こうなっている。

〈沖縄の西表島から、船で十分ほどのところにある無人島に、三年ほど前から、一人の男が、住みついていた。

自然を友にして、無人島で、生活していたのだが、昨日、近くの海で、溺死体となって発見された。

男の名前は、三浦良介さん、四十五歳で、三年ほど前から、無人島に住みついて、去年の十月頃には、Sテレビで、その生活ぶりが紹介された。

無人島の中に作られていた、三浦さん自慢の小屋の中には、西表島の郵便局の通帳が残されており、三浦良介という名前も、今回初めて確認された。

三浦さんの優雅な生活は、三年ほど前から始まったのだが、どんな生活をしていたのかを、去年放送されたテレビ番組を、チェックして調べてみると、中古のボートを一艘持っていて、無人島から、そのボートで西表島に渡り、郵便局で、一カ月分の生活資金として十万円を下ろす。

そして、三日に一度くらい、西表島のコンビニで、食料を買い込んで、その後は、無人島の、自慢の小屋で、気ままな生活を送っていた。

自慢の小屋には、さまざまな仕掛けがあって、水道がないので、雨水を溜めるための装置が、何カ所か作られていた。

テレビはないが、毎日ラジオでニュースを聞いていたという。

テレビ放送された時、三浦さんは、なぜ、四十歳を過ぎてから、無人島で生活するようになったのかと、きかれたが、『過去のことは、一切話したくない』といって、拒否している。

三浦さんの郵便貯金口座には、年に一度、振り込みがあり、百万円ほどのお金が、残されていたが、どこの誰が、振り込んできているのかについては、今のところ、全く不明である。

西表島の町役場では、三浦良介さんの家族や友人、知人から、連絡があれば、遺体の処置など、今後のことについて、相談に乗りたいといっている〉

その日のうちに、山口県警の加地警部から、電話がかかってきた。同じ新聞記事を見たのだという。

「十津川さんに、おききしたいのですが、この三浦良介は、例の六人のメンバーにある三浦良介と、同一人物でしょうか？」

と、加地が、きく。

「同じことを、私も、考えていたんですが、同一人物だという証拠は、ありません。ただ、年齢は、似通っています」

「年齢ですか？」

「リストにある中西博は五十六歳、白石香苗は三十七歳、今度の三浦良介は、四十五歳ですから、いずれも、中年といえる年齢です。今のところは、それだけです。ただ、逆に、同一人物ではないと断定する根拠もないのです。これから、沖縄県警に、電話をして、三浦良介という男について、くわしくきいてみようと思っています」

3

十津川はすぐ、沖縄県警に、電話をした。

高木晋作が起こした、中西博の墜落死事件の顚末（てんまつ）と、彼が所持していた、手帳の中に書かれていた六人のリストのことを伝えた。そして、リストにあった白石香苗と同姓同名の女性が、半年近く前の、四月に、萩で刺殺死体となって発見されたことも伝えた。

さらに、リストに名前のあった、三浦良介と同姓同名の人物が、今回、西表島近くの無人島で死亡したらしいことを説明し、溺死した三浦良介について、詳しく調べてほしいと、要請した。

その後で、十津川は、Sテレビに連絡し、昨年十月に放映された「無人島で気ままな生活」というタイトルのビデオテープを、借りることにした。

そのテープを、全員で見た。

一時間の番組である。

まず、無人島の全景が、画面いっぱいに映し出される。

西表島から、船で十分くらいの所にある無人島だという説明のテロップが入る。

砂浜が映り、そこでパンツ一枚で釣りを楽しんでいる中年の男の姿が紹介される。

アナウンサーが、

「沖縄の無人島で、冬でも、この格好で悠々(ゆうゆう)と、釣りを楽しんでいる男性です」

と、説明した。

投げ釣りで獲物が釣れると、それをぶら下げて、上半身裸の三浦良介は、林の中に入っていく。

カメラが、その後を追う。

廃材で作られたような小屋が映し出される。

「こちらが、現在のお住まいですか？」

妙に丁寧な口調で、アナウンサーが、きく。

「ああ、これがわが家で、もう一つ、別荘があるんだ」

と、ニコニコ笑いながら、三浦良介が、説明している。

「いつから、この無人島に住んでいるのですか？」

「三年前、いや、もっと前だったかな。詳しいことは、覚えていない。もう忘れたよ」

「どうして、ここに住もうという気持ちになったんですか？」

「人間と付き合っていくのが、つくづく、イヤになっちゃってね。それで、一人で暮らしていくことにしたんだ。もともと、沖縄が好きで、何度か旅行でも来ていたんだが、この無人島のことを知って、ああ、こんなところに、住めたらいいなと思って、ボートを一艘買って、ここに渡ってきて、それからここに住むようになったんだ。まあ、そういうことだ」

「それまでは、どこで、何をしていらっしゃったのですか？」

「そんなことをきいて、いったいどうするんだ？　そんなことを知ったって、仕方がないだろう？」

「奥さんがいたんじゃありませんか？　それから、お子さんも」

「そういうことも、一切話したくないね。とにかく、今、俺は一人で、呑気に暮らしているんだ。幸せなんだよ。それで、いいじゃないか？」

「このテレビで、お姿が出たら、家族の方が、連絡してくるのではありませんか？」

アナウンサーが、きくと、三浦良介は、笑いながら、

「それはないだろう。縁は、とうに切れているんだから。それよりも、これから、コーヒーを淹れようと思っているんだが、飲んでいくかね？」

「コーヒーを、飲んでいるんですか？」

「ああ、そうだよ。毎日、朝昼晩と、三回は飲んでいるよ。昔からコーヒーが好きなんだ」

三浦良介は、小屋の裏手にある炊事場に、アナウンサーを案内する。

アウトドア用のガスコンロがあったり、アルコールランプのコーヒー沸かしがあっ

たり、電気は来ていないので、カセットガス使用の小さな冷蔵庫が置かれていて、ドアを開けてみると、缶ビールが入っていたりする。

三浦良介は、コーヒーを立て始めた。

4

十津川は、テレビの画面から、何枚かの三浦良介の顔写真や、何かをしている姿を、プリントしていった。

「去年、この放送があった後、何か、反応があったのかね？」

と、三上刑事部長が、きく。

「このSテレビにもきいてみました。視聴者から、『こういう束縛（そくばく）されない、自由気ままな生活が羨（うらや）ましい。できれば、自分も、やってみたい』とか、『どこなのか、詳しい場所を教えてくれ。ぜひ、この無人島に、行ってみたい』とか、いってみれば、無責任な問い合わせが、いくつか、あったみたいですが、家族や友人、知人からの連絡は、全くなかったといっていました」

「本当に、連絡はなかったのかね？」

「念を押しましたが、なかったといっています。この時、三浦良介は四十四歳ですから、家族や友人、知人がいたとしても、おかしくはないのです。しかし、三浦良介のほうから、縁を切って、たった一人で、この無人島に、住みついてしまったわけで、今さら、家族や友人、知人が、名乗り出て、この男を引き取ってほしいといわれても、困るといった、そんな気持ちがあったのではありませんか？　今の世の中というのは、冷たいところがありますから」

と、十津川が、いった。

「問題は、この三浦良介に、いったい誰が、生活費を送っていたのかということですね。それが、分かるといいのですが」

亀井が、いった。

「それが、捜査の手掛かりになるんじゃないかと、私も期待しているんだ」

と、十津川が、いった。

沖縄県警では、すぐさま、西表島の警察に、そのことを、調べるように、命令してくれた。

それで、今度は、西表島の警察から、直接、十津川の携帯電話に連絡が入った。神林（かんばやし）という名前の刑事だった。

「そちらからご依頼があったので、三浦良介名義の、郵便口座に関して、こちらの郵便局で調べてみました。その結果、毎年一月に、百五十万円ずつ、振り込まれていることが分かりました」

と、神林が、いった。

「振り込みが始まったのは、いつからですか？」

「三年ほど前からです。振り込まれているのは、東京の四谷郵便局からで、そちらにも、電話をしてきいてみたのですが、いつも、現金で持ってきて、西表島の郵便局の口座に振り込んでほしい、ということで、依頼人の名前は偽名でしたし、若い女性だということしか、分かりません。四谷郵便局の話では、その女性も、誰かに、頼まれて、振り込みをやっているようで、三浦良介という人間については、何も分からないという回答でした」

沖縄県警では、無人島に作られた三浦良介の小屋を、一応、調べてみたという。

しかし、三浦良介という男について、何か分かるようなものは、一つも、見つからなかった。手紙も写真も、そして、携帯電話もなかったという。

沖縄県警の報告をまとめてみると、今から三年ほど前に、突然、三浦良介が、西表島の郵便局にやって来て、新しく口座を作りたいといい、その時、本人を、証明するものとして、運転免許証を提示したという。それで、口座を開設したのだが、その運転免許証も、無人島の小屋からは、発見されなかった。

おそらく、無人島で暮らすには、運転免許証は必要ないと思ったのか、あるいは、持っていないほうがいいと考えたのかは、分からないが、いずれにしても、処分してしまったのではないかと、沖縄県警からの連絡にはあった。

もう一つ、十津川が気になったのは、三浦良介の死因である。

無人島の近くの海で溺死体となって発見されたと、新聞記事にはあった。

沖縄県警の発表によれば、三浦良介の溺死体は、無人島から流れてきたらしく、近くの海で発見されたという。

三浦良介は釣りが好きで、浜で投げ釣りをやっている分には、危険はなかったのだが、無人島の裏側にある岩礁(がんしょう)の上で投げ釣りをしている時に海に落ち、打ちどころが悪くて、そのまま、溺死してしまったと、考えられた。海流の関係で、死体が近くの海に、漂流したのだろう。

死体の肺には、海水がかなり入っていて、溺死であることは、間違いない。後頭部に、打撲(だぼく)の痕(あと)があったが、岩礁の上で釣りをしていて、落ちた時に、頭を岩か何かで打ったのだろう。

それが、この事故に関する、沖縄県警からの回答だった。

十津川が強く要請していたので、なくなった三浦良介の、数少ない所持品が、警視庁捜査一課に送られてきた。

西表島の郵便局の貯金通帳、残高は、百万円と少しである。新聞記事にもあったように、毎年一月に百五十万円が振り込まれ、毎月十万円ずつ、三浦良介は、生活費として下ろしていた。

他には、トランジスタラジオ、コーヒー沸かし、海に流されていた釣り道具。下着もあった。三浦良介は、いつもパンツ一つで、上半身は裸で生活していたが、時には、寒さを感じることもあったのか、グレーのアンダーシャツが数枚あったという。そのアンダーシャツが送られてきていた。

その胸のところに、小さなバッジがつけられているのを、十津川は発見した。よくある、横長の、小さなバッジである。

そこには、NGPの三つのローマ字と、その横に、丸に奇と書かれたマークがあった。奇というのは、奇妙なという奇である。

所持品には、それぞれ、沖縄県警の簡単な説明がついていたが、月に一回、十万円を下ろしに西表島の郵便局を訪ねる時、また、コンビニに食料の買い出しに出かける時、三浦良介は裸ではなくて、いつも、このバッジのついたグレーのアンダーシャツを着ていたとあった。

そのNGP、あるいは、丸に奇のマークのことをきかれても、三浦良介は、ただ笑うばかりで、何も答えなかったと、郵便局の職員も、コンビニの店員も証言しているという。

そうなると、十津川は、なおさら、このバッジの意味を、知りたくなった。

「このNGPというのは、いったい何のことだろう？　カメさんは、分かるか？」

十津川が、きくと、

「NPOとか、PKOとかならば分かりますが、NGPというのは、ちょっと、分かりませんね」

と、亀井が、いった。

このアンダーシャツと、シャツについていたバッジについて、十津川が、山口県警の加地警部に連絡すると、加地は、

「私は、長州の人間ですから、丸の中に奇と書かれたマークは、高杉晋作の奇兵隊の奇だと思いますね」

と、あっさり、いった。

「では、NGPのほうは、どう解釈されますか？」

「奇兵隊というのは、つまり、正規の兵隊ではなくて、藩が認めていない兵隊ということですから、おそらく、NGPというのは、ノン・ガバメント・パーティの略ではありませんか？」

と、加地が、いった。

NGPの解釈は、正しいかどうかは分からなかったが、丸に奇が、高杉晋作の奇兵隊というのは、十津川を、うなずかせるものがあった。

それなら、このバッジは、奇兵隊の奇と考えていいのではないだろうか。

この想像が当たっていたら、少しは、行き詰まっている捜査が進展するかもしれないと、十津川は、期待した。

5

十津川は、これで少しだが、捜査が前進すると確信した。山口県警の加地警部は、何も、共通点が見つかりませんと、溜息(ためいき)をついているが、十津川は、それほど、落胆はしていなかった。

すでに、リストの中の二人が殺され、もう一人が溺死しているのである。同一犯人の仕業なら、何らかの共通点があるはずなのだ。

その一つは、山口、長州藩、そして、高木晋作である。

容疑者、高木晋作は、亡くなった父親が、郷土の英雄、高杉晋作に憧れていて、自分の息子に晋作という名前をつけたといわれている。

今までのところ、何の接点も見つからないと思われているリストの六人についても、ひょっとすると、奇兵隊、高杉晋作、あるいは、長州藩で、繋がっているのではないだろうか？

十津川は今、そんなことを考えていた。

そこへ、三浦良介が、西表島近くの無人島に作っていた、もう一つの「別荘」の中から、一枚の板が、見つかったという連絡が、沖縄県警からもたらされた。

短冊形の細長い板で、そこに、筆で、次の言葉が、書き込まれていたと、いうのである。

「おもしろきこともなき世におもしろく」

これが、発見された短冊形の板に書かれてあった文句だという。

十津川には、その言葉に、記憶があった。

今回の一連の事件が、奇兵隊、あるいは、長州藩や高杉晋作が、絡(から)んでいるのではないかと調べていた時に、この言葉に、出会っていたのである。

高杉晋作は、明治維新を見ることなく、結核によって、二十九歳という若さで、亡くなっている。

高杉晋作は、慶応(けいおう)三年（一八六七年）四月、自らの死期を悟(さと)ると、枕元に、筆と紙を用意させて、

「おもしろきこともなき世におもしろく」

と、上(かみ)の句は、書いたものの、その後が、続かない。

その時、高杉晋作のそばにいた野村望東尼(のむらぼうとうに)が、下(しも)の句、

「すみなすものは心なりけり」

と、書いたという。

それで、この和歌が、高杉晋作の、辞世の歌だと、解釈している人も多い。

しかし、この和歌は、晋作の辞世の歌ではなくて、亡くなる前年に、作った歌だという人もいるらしい。

いずれにしろ、高杉晋作が、死の前年か、あるいは、死を迎えた時に作った歌であることには変わりがない。

「それは、死んだ三浦良介が、書いたものですか？」

十津川が、きくと、沖縄県警の中条警部は、

「いえ、違います。三浦良介ではありません。三浦良介本人が書いたものが、いくつか残っているのですが、明らかに筆跡が違っていますから、別の人間が書いたものです」

とすれば、いったい誰が、どんな目的で、三浦良介の小屋を訪れたのか？　何を考えて、短冊形の板に、和歌を書き残したのか？　小屋を訪れたのは、三浦良介が生存中のことなのか？　それとも、溺死後のことなのか？

三浦良介の溺死が、事故死ではないとしたら、犯人の残したものである可能性もあるのだ。ただし、高木晋作の筆跡でないことは、警視庁から沖縄県警に送った資料

で、確認されている。

三浦良介は、沖縄の無人島で、世捨て人のような、生活をしていた。

誰かが、一年に百五十万円ずつ、郵便局に振り込んでくれていて、その金で、三浦良介は、三年間、無人島で暮らしていたのである。無人島で、一人で暮らすには、十分な金額だっただろう。

ある時、その振り込み人か、他の人物が、三浦良介の小屋を訪ねてきて、

「おもしろきこともなき世におもしろく」

と、和歌の上の句を、書いていったとする。

これを、文字通りに解釈すれば、こんなおもしろくない時代に、どうして、ロビンソン・クルーソーのような暮らしをしているんだと、三浦良介に、きいたことになる。

その人間は、下の句を書くように、三浦良介にいって、帰っていったのだろうか？

それとも、三浦良介がすでに、下の句を、書くことができない状態になっていることを知っていながら、死者に問いかけたのだろうか？

もっと想像を飛躍させれば、「おもしろきこともなき世におもしろく」は、この上の句を書いた何者かの、自分自身への問いかけだった、と考えることもできるのである。

沖縄県警では、さらに、三浦良介が住んでいた、無人島の小屋の中を捜索してみたが、下の句は見つからなかったという。

この上の句に対して、三浦良介が応えられなかったから、溺死に見せかけて殺されたのか？　あるいは、犯人は、この句を書いた人物とは別の人間なのか？

ただ、ここに来て、バッジの奇の字といい高杉晋作が作った上の句といい、高杉晋作に関係するものが、事件の中で出てきたことだけは、明らかになった。停滞していた捜査が、わずかではあるが、前進したといってもいいだろう。

第三章　高杉晋作と奇兵隊

1

十津川は亀井と二人で、高杉晋作と、奇兵隊のことを研究している、竹山大輔という国立大学の教授に会いに出かけた。

まず、亀井が、

「先生は、高杉晋作や、奇兵隊について調べておられるとお聞きしたので、お伺いしたのです」

と、竹山教授に向かって、いい、それにつけ加える形で、十津川が、

「高杉晋作と奇兵隊について、われわれ素人にも、理解できるように、分かりやすく説明してくれませんか」

「分かりましたが、刑事さんは、いったい、高杉晋作と、奇兵隊の、何が、お知りになりたいのですか？」

竹山教授が、きく。

「高杉晋作はいったい、どんな人間だったのか？　何をしようとしていたのか？　それから、彼が組織したといわれている奇兵隊というのは、どういう存在だったのか？　高杉晋作が死んだ後、奇兵隊は、どうなってしまったのか？　そういうことを教えていただきたいのですよ」

と、十津川が、いった。

「分かりました。十津川さんも亀井さんも、すでにご存じかもしれませんが、簡単に、高杉晋作という男について、お話ししましょう」

「お願いします」

「高杉晋作は、長州藩士の家に生まれて、若い時、藩の命令で、上海に行き、列強に侵略されている清国の現状を見て、母国日本の将来に危機を感じて、帰ってきます。当時の長州藩は、保守派に藩政を、握られていましたので、高杉晋作は、侍だけではなく、農民や商人たちも参加できる奇兵隊を組織し、長州藩の保守派を、一掃するのです。その後、薩摩と手を組み、徳川幕府を倒して、明治維新を達成しようとしますが、二十九歳の若さで病死してしまいます」

「なるほど」

「高杉晋作の生涯は、大体、それでいいのですが、高杉晋作という人間は、よく、誤解されるんですよ。多分、お二人も誤解されていると思いますが」

「私たちが、高杉晋作の、何を、誤解しているのでしょうか？」

「高杉晋作の作った奇兵隊のことです」

「奇兵隊の、どういうことですか？」

「奇兵隊というのは、長州藩の、正規の侍集団ではなくて、高杉晋作が、私的に集めた人間によって作った集団なので、奇兵隊というわけです。その構成を見てみますと、五十パーセントが侍、四十パーセントが農民、そして、残りの十パーセントが商人や、そのほかと、なっています。こうした数字を見ると、多くの人が、高杉晋作が作った奇兵隊というのは、現在の軍隊と同じではないか？　つまり、侍だけではなくて、農民でも商人でも、志があれば、誰でも参加させて、士農工商の区別のない平等な軍隊を作ったのではないかと思ってしまうのですよ」

「私も、そう思っていますが、違うのですか？」

「高杉晋作は、たしかに、新しい日本というものを考えていたふしがありますが、よく調べてみると、最後まで侍意識が、抜けなかった男なんです。藩の、後ろ盾のない奇兵隊という私的な組織を、作ってしまったので、侍だけでは足らなくて、農民や商人を、集めていますが、彼自身は、あくまでも、侍だけで、軍隊を作りたいと、考えていたようなのです。高杉晋作は、ある時、同僚の侍に、手紙を書いています。その手紙の中には、こんな文句があるのです。『農民は、田畑に帰り、商人は、商いを、もっぱらとするべし』、つまり、非常時には、農民も商人も、侍と一緒に奇兵隊に参加していたが、ある程度、目星がついた場合には、後は、侍に任せて、農民は田畑に戻り、商人は商売に専念しろといっているわけです」

「つまり、高杉晋作も、封建意識が抜け切れなかったということですか？」

「ええ、そうです。これは仕方がないことで、西郷隆盛だって、若い侍たちの不満が募ってきたので、西南の役を起こしていますからね。高杉晋作が、侍意識から抜け出せなかったとしても、別に、不思議でも、何でもないんですよ。高杉晋作が死亡して、明治維新が出来上がった時、軍隊、中でも農民や商人たちの扱いに、新政府は、ひじょうに苦労するわけです。特に、農民や商人たちの不満が、大きくなるのです。高杉晋作のような頭の切れる人間でも、戦争が終われば、軍隊は侍で構成するから、農民は田畑に帰れ、商人は商いに専念しろと、いっているわけですからね。冷たい扱いを受けた兵士の中の、主として農民や商人たちが、反乱を起こすのです。例えば、長州藩では、千八百人の兵士が脱藩事件を、起こすのですが、その千八百人のうちの千三百人が、農民や商人だったといわれています」

「脱藩事件を起こした農民や商人は、その後、どうなったのですか？」

「新政府は、彼らを、徹底的に弾圧するんですよ。新政府は、脱藩したり、反乱を起こしたりした兵士、特に農民や商人は、徹底的に弾圧しました。容赦なく死罪にしています。長州藩だけを見ても、数百人が、斬首されたといわれていますから、その弾圧ぶりは、凄まじかったと思いますね。つまり、明治維新の原動力となった農民や商人たちは、必要とされなくなった時点では、逮捕されたり、首を斬られて亡くなっているのです」

「今、先生のお話をお聞きして、少しばかり、ガッカリしましたね」

と、十津川は、正直にいい、言葉を続けて、

「高杉晋作といえば、戦いの天才で、現在の軍隊の原型ともいえる奇兵隊を組織して、幕府軍と戦った。そういうイメージしかありませんでしたからね」

「私は、明治維新が完成して、それまでに、新政府のために、命がけで戦った農民や商人たちも、その手柄を、称賛されたのではないかと、思っていたのですが、違っ

ていたんですね？」

と、亀井が、いった。

「実は、明治維新を、成し遂げた立役者は、ほとんどが侍、それも、下級武士なんですよ。しかし、下級武士といっても、侍であることに変わりありません。西郷隆盛、大久保利通、木戸孝允と、明治維新に、かかわった人間というのは、元をただせば侍なんですよ。それに、明治維新で、藩というものがなくなって、県になりましたが、最初の県知事には、昔のお殿様が、就任しています。山口の場合でも、最初の知事は、毛利のお殿様ですからね。それに、明治維新で、三菱とか三井とか、住友とかいった、新しい財閥が生まれますが、三菱を作った岩崎弥太郎だって、大阪経済の発展に寄与した五代友厚だって、農民や商人ではなくて、元は侍です」

「今の先生のお話を聞いて、高杉晋作や、明治維新についての私のイメージが、変わってしまいました」

十津川がまた、正直な気持ちをいうと、竹山教授は、笑って、

「まあ、そうでしょうね。しかし、一般の人たちは、明治維新は、民衆による素晴らしい革命だったと、考えている人が多いんじゃありませんかね？　現実に、日本という国家は、明治維新によって新しい時代を迎えたんですから」

十津川を慰めるように、いった。

2

「先生、実は、ここに、六人の男女がいるんです」

　十津川が、話題を変えて、竹山教授に、いった。

　六人の、一人一人の名前はいわずに、

「四人が男性で、二人が、女性です。この六人は、どうやら、高杉晋作や、奇兵隊に憧れというか、何らかの関心を持っているようなところがあるんです。そうだとすると、この六人は、どんなことを考えるでしょうかね？」

「その人たちは、いったい、どういう人たちなんでしょうか？　年齢とか、職業とか、もう少し詳しく、教えてくれませんか？　それが分からないと、十津川さんのご質問にお答えするのは、ちょっと難しいですね」

「申し訳ありませんが、それが、はっきりしないのですよ。いろいろな職業の人が混ざっていることだけは、分かっているのです。例えば、今流行りの、ビルごと買い取って、それを、改装して貸して、成功している人もいますし、宝石店を経営している人や、沖縄の無人島で、一人で自給自足の生活をしている人間もいます。バラバラなんですが、ただ、全員が、高杉晋作と、奇兵隊に、接点がありそうなのです。そうだとすると、この六人は、どんなことをするでしょうか？」

たしかに、竹山教授がいうように、漠然とした質問で、相手にしてみれば、答えづらい質問であることは、十津川にも、よく分かっていた。

竹山教授は、しばらく考えていたが、

「その六人のグループの全員が、奇兵隊に関心があるとしますと、一番やりそうなことといえば、自分が、奇兵隊の誰か、具体的に、その隊員に、自分を、当てはめてみるということでしょうね。例えば、奇兵隊を組織したのは高杉晋作ですから、その六人の中で高杉晋作は、いったい誰なのか？　それを、考えてみようと、するんじゃないでしょうかね？　それに、奇兵隊の中には、その後の、明治維新で活躍した隊士がおりますから、自分を、隊士の中のその有名人に仮託するでしょうね。例えば、奇兵隊には、山県有朋も、参加していましたから、自分こそ、山県有朋だと考える人もいるかもしれませんし、ほかには、伊藤博文だっていましたから、自分を伊藤博文に当てはめる人もいるでしょうね」

「なるほど。ただ六人の中には、女性が、二人いるのですが、奇兵隊には、女性はいないでしょう？」

「ええ、女性はおりません。隊士は男性だけです」

「そうすると、女性も、男性と同じように、奇兵隊の誰かに、自分が近いと考えるのでしょうかね？」

「いや、そういうことはしないでしょう。おそらく、女性の場合は、奇兵隊の隊士ではなくて、奇兵隊に、関係した女性に、自分を当てはめようとするんじゃないでしょうかね。例えば、高杉晋作の奥さんは、雅という女性です。それから、高杉晋作には、愛人もいました。おうのという女性です。妻の雅のほうは、きちんとした経歴が分かっていますが、おうののほうは、あまりはっきりとはしていません。分かっているのは、下関の芸者だったということで、源氏名を此の糸といったということぐらいですが、素性が分からなければ分からないほど、かえって、そういう女性に、憧れる人が出てくるのかもしれませんね」

「高杉晋作の妻の雅と、愛人のおうのですか？」

「ええ、そうです」

と、竹山教授が、いった。

（人数的には合うな）

と、十津川は、思った。

男が四人と女が二人。二人の女性は、たしかに、竹山教授がいったように、高杉晋作の妻の雅と、愛人のおうのに、自分を当てはめているのかもしれない。

3

「もう一つ、教えていただきたいことがあります」

十津川が竹山教授に、いった。

「何でしょう?」

「今、高杉晋作と、奇兵隊のことをお聞きしましたが、今度は、高杉晋作本人の、個人的なこと、性格とか生き方とかを知りたいのです。晋作と両親、特に、父親との関係も。それから、晋作の女性関係についても教えていただきたいのです。欲ばったお願いですが」

「それが、殺人事件の解決に、役立ちますか?」

竹山教授が、きく。

「断定はできませんが、容疑者の高木晋作という男は、両親、特に父親と同じで、高杉晋作に強い憧れを抱いていました。高杉晋作のように、生きたい、晋作のように、行動したいと、常に、考えていたのではないかと、思われます。ですから、高杉晋作の生き方や考え方、あるいは、晋作にまつわるエピソードなどを、先生からお聞きできれば、逃亡中の容疑者のことが、分かってくるのではないかと思うのです」

と、十津川が、いった。

「なるほど、よく分かりました」

「最初に、無理なことをおききしますが、一言でいうと、高杉晋作は、どんな人間ですか？」

十津川は、自分で質問しておきながら、一言なんかで表現できませんよと笑われるだろうと思った。

ところが、竹山は、あっさりと、

「一言でいえば、全てについて、矛盾だらけの人間です」

と、いった。

「矛盾だらけですか？」

「そうです」

「晋作と奇兵隊の関係は、お話を聞いて、よく分かりました。私は、晋作が、奇兵隊の生みの親だし、奇兵隊は、その後の幕府軍との戦いで活躍していますから、晋作は、新しい日本の軍隊の基礎を作った功労者と思っていたんですが、先生の話で、全く違うことが分かって、びっくりしました。晋作は、目的を果たした後は、奇兵隊を潰そうともしていたんですから」

「晋作は、その時、必要だったので、侍以外に、商人や農民も加えた、奇兵隊を作りましたが、晋作自身の本来の考えは、戦いは、侍のするもので、商人は商いに戻れ、農民は、畑に戻れと、手紙に書いています」

「やたらに、封建的ですね」

「そうです。ところが、同時に、当時の最先端の技術、考えも、持ち合わせているんです。ただ、そうなると、突っ走ってしまう。誰のいうことも聞かない。ある人に送った手紙の中で、晋作は、自分のことを『疎にして狂』と書いています。狂ですから、狂気ということですかね。自分でも自分自身のことを、乱暴者だと、思っていたようです。当時、長州藩には、伊藤（博文）、井上（馨）、山県（有朋）といった優秀な人材がいましたが、彼らは、『晋作は尊敬しているが、時にはついていけないことがある』と、いっています」

「勝手に、突っ走った例があるんですか？」

「晋作は、二十四歳の時、長崎(ながさき)にいたのですが、オランダ人が蒸気船を売りに出しているのを知って、これからは、鋼鉄船が必要と考え、勝手に注文しているのです」

「藩の許可もなしにですか？」

「そうです。明らかに、疎にして、狂なんです」

「それで、蒸気船は、どうなったんですか？」

「当然、この商談は、駄目になります。晋作個人に、買う金がありませんから。ただ、その後、毛利藩は、蒸気船を購入しています」

「たしかに、疎にして狂ですね」

「そして、矛盾だらけです」

竹山教授は最初の結論を繰り返してから、十津川にいった。

「それでは何から話しましょうか？」

「晋作が生まれた時から話してください」

「高杉晋作が生まれたのは天保(てんぽう)十年（一八三九年）八月二十日です。山口県の萩で生まれました。父、高杉小忠太(こちゅうた)は、その時、二十五歳、母のみちは、二十歳です」

「父親は、かなりの、上級武士だったと聞いているのですが」

「ええ、当時、二百石(こく)の石高(こくだか)があったといいますから、もちろん、上級武士です。明治維新で活躍した志士の多くは、下級武士でしたが、高杉晋作は、生まれながらの上級武士で、高杉家は、大きな屋敷を構えていました」

「高杉小忠太というのは、どんな人物だったんでしょうか？」

「真面目で、謹厳実直な能吏だったといわれています」

「晋作は、父親のことを、どう、思っていたんでしょうか？」

「心の底から、尊敬していましたよ。父親は、晋作に対して、平凡な一生を、望んでいたといわれています。上級武士ですから、第一に、高杉家を守っていく。それが、当主としての義務ですから、父親が晋作に対して、平凡な一生を望んでいたとしても、おかしくはないのです」

「しかし、高杉晋作というと、国事に奔走してイギリス公使館を、襲撃したり、奇兵隊を率いて、幕府軍と戦っていますから、父親が望んだような、平凡な一生とは、全く違う人生を歩んだのでは、ありませんか？」

「ええ、たしかに、違っていました。そうなんです。だから矛盾しているのです。晋作は、主君に対しては忠、親に対しては孝を、絶対と考える人間でした。ある時、晋作は、同志に手紙を書いて、こう、弁明しているんですよ。『国事に奔走できない理由は、父にある。父を、安心させなければならないから、国事に、奔走できない』、そういって、断りの手紙を書いているのです」

「しかし、結果的に国事に奔走していますね」

「そうです。親に対しては、『孝』を絶対的なものとしていたはずなのに、突然、同志と語らって、横浜のイギリス公使館を、焼討ちしたり、藩内の反対派と戦ったり、幕府軍と戦ったり、下関で、イギリス、アメリカなどの連合艦隊を砲撃して、見事に、負けるんです。こうしたことは、全て、父親を不安に陥れているのです」

「たしかにそうですね。父親は、晋作に対して、平凡な一生を送ってほしかったわけでしょう。それなのに、晋作のやっていることは、そんな父親を心配させることばかりに見えますね」

「だからでしょうね。亡くなる前に、晋作は、父の小忠太に親不孝をわびる手紙を書き、唯一の親孝行は梅之進という息子を作ったことだといっています」

「晋作自身の子供の頃は、どんなだったんですか？」

「いろいろと、逸話が残っています。その一つは、子供の時、度胸試しだといって、友達と一緒に、罪人が、処刑されるのを見に行った時、ほかの子供は怖くなって、途中で、帰ってしまったのに、晋作一人だけが、母親の作った弁当を食べながら、罪人の首が、晒されるのをずっと、見ていたそうですよ。もう一つは、凧を揚げて遊んでいると、たまたま、通りかかった侍が、凧を踏みつけて、謝りもせずに、通り過ぎようとした。晋作は、この武士の態度に怒って、侍の着ていた、殿様からの、拝領品に泥をぶつけるぞといって、脅かして、侍を謝らせたというのです。いずれにしても、幼い頃から、度胸がすわっていたという話です」

「晋作は、藩校にも、通ったわけでしょう？」

「そうです。明倫館という藩の学校に、通いました。十九歳の時、特待生になっていますから、成績は、かなり優秀だったんだと思います」

「晋作は、吉田松陰の松下村塾にも、通っていますね？」

「藩の学校では、今まで通りの決まりきった学問しか教えてくれないので、それに、飽き足らなかった晋作は、吉田松陰のやっていた松下村塾に通うようになりました。松下村塾でも、晋作は優秀で、同世代の久坂玄瑞と、竜虎といわれました」

「松下村塾での晋作の評判は、どんなものだったんですか？」

「いろいろといわれています。例えば、晋作は、まるで、鼻輪の付いていない暴れ牛のようだ。大人しくさせるのは、難しいとか、また、松下村塾には、伊藤博文、井上馨、山県有朋という、後の、明治政府で幹部になる人たちがいたのですが、この三人も高杉晋作の前では、子供のようだと、いわれていたそうです」

「伊藤博文は、初代の総理大臣になった人でしょう。その伊藤博文が、晋作の前では、子供のようだったというのは、すごいですね」

「その通りです。坂本龍馬と一緒に殺された、土佐藩の中岡慎太郎は、高杉晋作について、こういっています。『胆略あり。兵に臨みて惑わず、機を見て動き、奇を持って人に勝つ者は、高杉東行（晋作）、これまた洛西の一奇才』、また、下関で、毛利藩がイギリス、アメリカ、フランス、オランダの連合艦隊と戦争をして負けるのですが、その講和条約に、殿様の代理として、出席しているのです。イギリスの通訳官だったアーネスト・サトウは、その時の高杉晋作を、こう評しています。『悪魔のように傲然としていた』。この時、家老の養子宍戸刑馬に扮して晋作は出席しているのです。この時二十六歳。サトウは、こう回想しています。『使者は、船上に足を踏み入れた時には悪魔のように傲然としていたが、だんだん態度はやわらいでいった』と。主君の代理として、出席した高杉晋作は『講和条約は結ぶが、賠償金は払わない。われわれが戦争をしたのは、徳川幕府の命令に従っただけだから、賠償金が欲しいというのならば、われわれ、毛利藩ではなくて、徳川幕府から取ればいい』。そういって、相手の要求を突き放して、賠償金は、結局、徳川幕府が、払っています」

「事件に対して、緊張しているというより、それを楽しんでいるように見えますね。

ほかに、高杉晋作に関係すること、あるいは、その家族に、関係することで、何かエピソードが、あったら話して下さい」

と、十津川が、頼んだ。

「そうですね」

竹山教授は、少し考えていたが、続けて、

「男子というものは、困ったなどという言葉は、絶対に、口に出してはならない。これは、晋作が子供の頃、父親の小忠太から、いわれた言葉ですが、晋作は、生涯、この教えを守ったといわれています」

「高杉晋作は、常人には、考えられないような、突飛な行動を取ったという印象があるのですが、実際に、そういうことが、あったのでしょうか？」

「そうですね。高杉晋作は、戦うのも、好きでしたが、同時に、遊ぶのも大好きで、京都にいた頃は、やたらに、お茶屋遊びをしていたようです。ある時、それを同志に注意されると、晋作は、こんな啖呵を切っています。『僕らは、すでに一死を決して、外国公使を惨殺して、攘夷を、実行しようとしたのだ。切腹を恐れて女郎買いができぬようでは、何ができるというのか？　僕は、ただ今より率先して、妓楼に上がってくる』、そういって、注意をしに来た、井上聞多（馨）を誘って、遊びに出かけたというのです。また、こんなことも、いっています。王政復古で、藩というものがなくなります。毛利家がなくなるという話に対して、こんなことを、いっているのです。『このままでは、どうしても毛利は滅びてしまう。だから、朝鮮にでも行って、他日、毛利家の子孫を迎えて、家を継ぐだけのことをやろうじゃないか。鄭成功の流儀だ』とも、いっています」

「まるで、帝国主義ですね」

十津川がいうと、竹山は、笑って、

「たしかに、帝国主義的発想です。ただ、その頃の世界情勢を考えて下さい。世界中が帝国主義、いや、植民地を広げようとする国と、植民地になる国の世界。晋作は、上海へ行って、清国の惨状を見ていますからね。そんな時、晋作のような若い血気さかんな侍は、どう考えるか。正義は何かなんか考えませんよ。張り合って、世界に出て行ってやろう。手近なところで、まず朝鮮に出て行く。次には清国だというわけです。帝国主義なんかと、仲良くしない。こっちも帝国主義で、出て行く。当時の若者、若い侍は、みんな、そんな考えだったと思いますよ。坂本龍馬だって、同じ考えでしたから」

「坂本龍馬は、違うんじゃありませんか？　龍馬は、戦争を止めさせようと、努力したんだから」

「それは、国内の戦争は止めさせるということでしょう。日本人同士が戦っていても、外国を喜ばせるだけですからね。問題は、そのあとです。坂本龍馬は、友人の岩崎弥太郎宛(あて)の手紙の中で、『これからは、対馬(つしま)を通って、朝鮮に出て行く』と書いています」

「坂本龍馬も、帝国主義ですか?」

「私にいわせれば、イエスです。ただ、帝国主義の時代だったんです。世界中が、加害者か被害者だった。それなら加害者になるべきだというのが、その頃の高杉晋作や、坂本龍馬の考えだったと思いますね。それが、征韓論(せいかんろん)になり、日清(にっしん)戦争になり、日露(にちろ)戦争になり、そして太平洋戦争になったんですよ」

と、竹山教授は、いった。

4

「面白い説だと思いますが、私は殺人事件の調査をしているので」

十津川がいうと、竹山は、微笑して、

ね？」

「そうでしたね。話を、元に戻しましょう。晋作の驚くような行動のことでした

「そうです。常人にも、考えられない行動があったら、それを、教えていただきたいのです」

「晋作は、二十九歳という若さで、亡くなりますが、その一年前のことです。九州に亡命した時に、世話になった、野村望東尼という尼さんがいます。この人は、勤皇尼として知られている、有名な尼さんですが、この野村望東尼が、筑前藩の勤皇党弾圧に連座して、玄界灘の姫島に流されたことを知ります。晋作は、病状が悪化して、血を吐いたりしていたのですが、筑前藩の浪人や奇兵隊の隊士六人で、決死隊を作り、慶応二年九月十六日の夜、姫島の牢を破って、野村望東尼を救出して、下関に迎えています」

「亡くなる一年前というと、かなり病状が、進んでいたんでしょうね？」

「そうですね。病気で、自分が動けないので、決死隊を組ませ、六人で野村望東尼を救出しているのです」

「彼が元気であったら、自分の手で救出したのではは、ありませんか？」

「そうでしょうね。松陰にからんだ話もあります。ある時晋作が、吉田松陰に『今

後、何年くらい経ったら、天下が、変わるでしょうか？』ときいたところ、松陰が『十年後だ』と答えました。そうすると、晋作は、突然、藩に休暇願を出して頭を剃(そ)り、僧侶(そうりょ)になって、藩と決別して、行方をくらませてしまいます。十年後に備えて、英気を養(やしな)い、勉強するためだというのです」

「先ほどの先生のお話では、晋作は、父親に対して、絶対的な尊敬を抱いていたということですが、それは、終生変わらなかったのでしょうか？」

「それは、終生変わりませんでしたが、結果的に、死ぬまで、父を心配させ親不孝を重ねています。時代のせいもあったし、晋作の性格もあったと思いますね。今の望東尼の救出だって失敗すれば、父親に迷惑をかけることですから」

「次に、晋作の女性関係をおききしたいのですが、二十九歳で、死ぬまでに、結婚をしているんですね？」

「晋作は、二十歳の時に『自分は三十歳までは妻帯をしない』と、いとこに手紙を送っていますが、しかし、二十二歳の時に、父親に勧(すす)められて、井上平右衛門(へいえもん)という侍の次女、雅を娶(めと)っています。彼女は、毛利藩第一の美女といわれ、晋作とは、幼い時からの知り合いだったと、いわれています」

「高杉晋作には、その雅以外には、先ほどの、おうのですか？」

「ええ。おうのという愛人がいたことは、一般にも、よく知られています。妻の雅も、愛人のおうのも、写真が残っていますよ」

「どうして、妻のほかに、愛人を、持つことになったのですか？」

「高杉晋作という男は、若い時から、奇兵隊を組織したり、イギリス公使館を、襲ったりしていました。また、毛利藩には、藩内に二つの派閥（はばつ）があったので、その片方に入っている晋作は、どうしても、身を隠したりしなければならない場合がありました。その時、一人で、身を隠したのでは、怪（あや）しまれてしまうので、おうのという女性と、二人で逃亡したのです」

「晋作は、二十九歳で、死んでいるんですね？」

「そうです」

「二十代で妻の雅と、愛人の、おうのの二人がいたわけですか？　よく、バレなかったもんですね」

十津川が、いうと、竹山教授は、笑いながら、

「いや、しっかり、バレていますよ。下関で、愛人の、おうのと一緒に身を隠しているところへ、妻の雅と母親、妹がやって来て、愛人の存在がバレてしまったことがあるんですよ」

「それで、どうしたんですか？」

「何とか、その場は、繕ったようですが、その後で、萩に帰った妻の雅に、こんな手紙を、書いています。『下関にては、はなはだ、不人情のことばかりいたし、今さら後悔、気苦千万、恥じ入りまいらせ候間、あしからず思し召し下され候よう頼み参らせ候。われとて鬼でもなし、妻児の思わぬ事はこれなく候えども、行きがかりあって、彼是にて不あしらい致しおるように相なり候事故、ご堪忍くだされ。心変わりのなきよう頼みまいらせ候』と、書いているのです。愛人のおうのと、一緒にいたところに、突然、妻の雅がやって来たので、慌てて、後になってから、手紙で謝ったものと思われます」

「それで、愛人のおうのとは、その後別れたんですか？」

「別れていません。それどころか、妻の雅に、長崎から、反物や帯、それに、自分の写真を、送っているのですが、下関にいる愛人のおうのにも、長崎から、手紙を書いて、『辛抱寛容にござ候』と、慰めて、こちらにも自分の写真を送っているのです」

「しかし、それでは、高杉家に、女性が二人いることになって、まずかったのではありませんか？」

「そこが、歴史の面白いところというのか、二人の女がいても、うまくいったのです」

と、竹山教授が、いった。

「どうしてですか？」

『高杉晋作の墓は、萩にあるのですが、この写真のように墓石の正面には『東行墓』とあります。東行というのは、晋作が、身を隠していた時に、自分でつけていた名前です。ところが、墓石の裏を見ると『谷潜蔵　源　春風号東行　慶応三年四月十四日病没　享年二十九歳』とあって、高杉晋作という名前は、どこにも、見当たらないのです。不思議でしょう」

「たしかに不思議ですが、墓石にある谷潜蔵という名前は、何なのですか？」

「前に申しあげたように、藩の中が、二つに分かれていたので、高杉晋作は、相手に、命を狙われて、身を隠したりしたことが何回もあるのです。身を隠した時につけていた名前が、谷潜蔵です。もちろん架空の名前です。ところが、高杉晋作のことが、好きだった殿様が、わざわざ谷潜蔵という名前の藩士を作ってしまったのです。架空ではなく、実在することになってしまったのです。ですから、藩主からわざわざ貰った名前、谷潜蔵を、捨てることができなくて、亡くなった時に、殿様から貰った名前、谷潜蔵の墓を、作ってしまったんです。もう一つの理由もあります。晋作の父親、高杉小忠太は、国事に奔走する息子の晋作のことを、心配していましたが、もし、あととりの晋作が殺されてしまったら、高杉家も、滅んでしまいます。小忠太は、当主として、それを心配して、国事に奔走する晋作を、一時的に、高杉家から、放逐（ほうちく）してしまったのですよ。そのために、養子を迎えて、何とかして、高杉家を守ろうとしたのです。つまり、高杉晋作は、高杉家からいなくなってしまったのです。それで、身をかくしていた時に使った偽名の谷潜蔵になって生活することにしたのです。それで、死んだ時、谷潜蔵として亡くなったことになったのです。そのため、墓石には、谷潜蔵の名前を書くことになったのです。高杉家と谷家という二つの家が、できたわけです。妻の雅は、高杉家に入り、愛人のおうのは、谷家に入って、その後、仏門に入り、谷梅処（ばいしょ）になりました。これで、おうのにも、入るべき、谷家があったわけです」

「先生の話を、聞いていると、高杉晋作はめちゃくちゃな人生を送った人のようにも、思えますが、その一方で、しっかりと、父親を立て、妻を娶り、ちゃんとした、人生を送ったように思いますね」

「そうかもしれません」

「先生に、もう一つ、ききたいのですが、高杉晋作は、人を、殺したことがあるんで

「晋作は、藩内で反対派と戦っていますし、幕府軍とも、戦っています。その戦いの中でのことは、分かりませんが、相手を殺そうと考えて殺したことが、一度だけあります。京都にいた頃、幕府の密偵だった、小野八郎という侍を、伊藤博文たちと一緒に、藩邸に連れ込んで、殺しています。これは、今でも記録として、残されていますから、間違いなく、事実だと思います」

「最後に、おききしますが、高杉晋作は、周りの人たちから、尊敬されていたのでしょうか？　それとも、敬遠されていたのでしょうか？」

「奇兵隊を作って、藩内で、反対派を倒し、幕府軍と戦って、勝っているのですから、指導者として力があったと思いますが、晋作に対して、こんな批判もあるんですよ」

竹山教授が、こんな話を、教えてくれた。

「松下村塾で、竜虎と呼ばれたのは、高杉晋作と、久坂玄瑞ですが、この二人を評して、こういう人がいます。『久坂玄瑞には、誰もがついていきたくなるが、一方、晋作はどうにもならないほどの、乱暴者である。それで、晋作には、人望が少なく、久坂玄瑞には、人望がある』。これは晋作の後輩が、口にしていた言葉です」

「はっきりいえば、高杉晋作は、周囲から、恐れられていて、心を許す相手がいなかった。つまり、そういうことですか？」

「そうですね。そういっても、いいかもしれません」

と、竹山教授が、いった。

「いろいろと教えていただきありがとうございました。参考になりました」

竹山教授は、高杉晋作と父親、それに、妻雅と、愛妾おうのの写真を置いた。

5

写真の晋作は、椅子に腰を下ろし、まげは切っていて、太刀を持ち、正面を見つめている。高杉晋作の、写真の中でも、特に、有名な一枚である。

「『疎にして狂』ですか」

亀井刑事が、写真を覗き込みながら、ぽつりと、いった。

十津川は、竹山教授が、話してくれた高杉晋作のエピソードを、黒板に、並べていった。

「これを読んでいくと、高杉晋作という人間は、矛盾する性格であり、行動にも、それが反映しているね」

　と、十津川が、いった。

「そうですね。でも、晋作は父親のことは、一生尊敬していたわけでしょう？」

「ああ、そうだが、それにも拘らず、晋作は国事に奔走して、父親の小忠太を、いつも、心配させている。父親は、高杉家を守るために、長男の晋作を、家から放逐して、養子を、迎えることまでやっているんだ」

「そんな高杉晋作のことを、高木晋作は、尊敬していて、晋作のように、生きたいと願っていたわけですかね」

「そうだろう。それは、父親のほうも同じだったらしい。自分の息子に、晋作という名前をつけたが、父親の高木茂之自身も、晋作に憧れ、晋作のように、生きるつもりだったようだ」

「市議会の実力者といえば、間違いなく上級武士ですよ。高杉小忠太と同じく、高木茂之も上級武士だったんですよ」

「そうだ。たしかに、高木茂之は、昔なら上級武士だ」

「容疑者の高木晋作も、高杉晋作と同じように父親を尊敬していたんだと思いますね。彼は、どこかに、姿を消していますが、逃亡中も高杉晋作と同じような生き方を、しているのではないでしょうか？　ビクビク逃げ回ってはいないでしょう？」

　と、亀井がいう。

「それは、女がいるということかね？」

「そうですね。愛人と一緒にいるんじゃないかと思うのです。高木晋作を今、動かしているのは、『疎にして狂』という高杉晋作に似た、そんな、精神なんじゃないでしょうかね？」

「今まで、われわれは、容疑者の高木晋作は、一人で逃げ回っていると、思っていたが、高杉晋作のような人間だとすると、一人で逃げ回っているのではなく、一緒に女がいることが考えられる。意外に、決まった場所に家を持ち、そこに妻がいて、その他、愛人までいるかもしれないな」

「昔、高杉晋作は、身を隠したり、逃亡する時、怪しまれないように、おうのという愛人を、連れていたと分かりました。われわれが、追っている高木晋作も、まわりの人間に怪しまれないように、愛人を連れているかもしれません」

「そうか、カメさんも、そう思うか？」

「しかし、どうやって、女連れの高木を探しますか？」

「今までに、二人の人間が殺され、一人が溺死している。この溺死も殺人の可能性が高い。われわれは、これまで、中西博、白石香苗、三浦良介の三人の死体が発見された現場に行って、徹底した聞き込みをやってきた。その時に、われわれが、探したのは、容疑者の高木晋作という、二十六歳の男だけだった。それが間違いだった。孤独な犯人のイメージが、いけなかった。今度、もう一度、それぞれの現場に行って、そこで、女を探すんだ。容疑者、高木晋作の女をだ。この三つの現場に共通して、一人の女が浮かんできたら、それは、間違いなく、高木晋作の女だ」

十津川が、いうと、亀井は、

「やってみる価値ありです。聞き込みをやり直しましょう」

第一の被害者、中西博は、東京・隅田川近くの雑居ビルの屋上から、昨年の三月二十五日に転落死している。

第二の被害者、白石香苗の死体が発見されたのは、萩の菊ヶ浜の、松林の中である。

第三の被害者、三浦良介が、溺死したのは、沖縄の無人島である。

三人は、離れ離れの場所で、死体となっているが、もう一度、聞き込みをやれば、それぞれの現場付近で高木晋作の女が、浮かび上がるかもしれない。

十津川は、それに、期待した。

第四章 〝現代の奇兵隊〟

1

十津川は、山口県警の加地警部に、電話をかけた。

「まだ、はっきりと、断定するのは危険だと思うのですが、私はこういうことを考えています。高木晋作、中西博、白石香苗、三浦良介――彼らに共通するのは、高杉晋作であり、高杉晋作が作った奇兵隊ではないかと。突飛な考えと思われるかもしれませんが、すべてのことが、その方向に向かっているような、気がしてなりません」

十津川は、その理由を並べていった。

高杉晋作ファンだった高木夫妻。三浦良介の、無人島の小屋から発見された、高杉晋作の辞世の歌、丸印に奇という文字の入ったバッジ。白石香苗の、たびたびの萩、山口旅行など。

「では、リストの残りの、仁科修三、亜矢子、原田孝三郎も、そうだと……」

十津川の説明に、加地警部が問いかけた。

「今回の連続殺人の発端は、高木夫妻の交通事故死だったと思っています。メモにあった、残りの三人も、高杉晋作や奇兵隊に、何らかのかかわりがあった、と考えるのが自然です。高杉晋作の、破天荒な人生にあやかろうとしたのか、それとも、高杉晋作や奇兵隊の周辺の人物に、みずからを仮託していたのか……」

「仮託ですか。つまり、歴史上の人物に、自分をなぞらえる、ということでしょうか？」

「そうです。ただ、奇兵隊の隊士の大半は、ほとんど無名ですから、そうした人物には、自分を仮託しないでしょう。奇兵隊の有名人といえば、高杉晋作や山県有朋、伊藤博文、その後の藤田組を作った藤田伝三郎などが知られています。奇兵隊には、女性はいませんが、高杉晋作には、正妻の雅がおり、愛妾には、おうのという女性がいました」

「なるほど」

「それで、お願いしたいことがあるのですが、そちらの、菊ヶ浜海岸で殺されていた白石香苗ですが、ひょっとすると、彼女もまた、奇兵隊や、あるいは、高杉晋作に関係する女性に、自分をなぞらえていたかもしれないのです。もう一度、白石香苗のことを、調べていただけませんか？　私の想像が当たっていれば、今回の一連の事件の捜査は、一歩前進すると、思いますので、お願いします」

と、十津川が、いった。

「了解しました。どこまで、できるかは分かりませんが、もう一度、白石香苗のことを、詳細に調べてみましょう。何か分かったら、すぐに、ご連絡します」

と、加地が、いった。

次に、十津川は、沖縄県警の、中条警部に電話をかけた。

「例の、三浦良介の小屋から発見された、短冊ですが、下の句を書いたものは、見つかっていませんか？」

「残念ながら、まだ見つかっていません」

そこで、十津川は、先ほど、山口県警の加地警部に話した推測を、中条警部にも繰り返した。

「なるほど。よく分かりましたが、こちらで殺された三浦良介は、明治維新の時の奇兵隊の隊士のように、日本のために働いたというようなことは、全くなくて、無人島で、世捨て人のような、勝手気ままな生活を送っていたんです。調べ直してはみますが、三浦良介が、奇兵隊の誰かに、自分が似ていると考えていたとは、とても思えませんが」

と、中条が、いった。

「たしかに、おっしゃるとおりかもしれません。しかし、こうもとれるのです。三浦本人は、雌伏しているのだと、自分にいい聞かせていたのではないか、と」

「雌伏というのは、実力をたくわえながら、時流を見極め、世に出る機会をうかがっていた、ということですね？」

「高杉晋作も、雌伏していた時期がありました。京都に行こうとして、藩主から脱藩したと疑われて、逮捕されました。師の吉田松陰がとらわれた、同じ野山獄につながれています。それでも、高杉晋作は、自分の志を捨てることはありませんでした。三浦良介も、無人島にいながら、何か大きなことをやってやろうと、思っていたのかもしれません」

「分かりました。ご期待にそえるかどうか、ともかくもう一度、その辺のところに留意して、三浦良介の周辺を、洗ってみることにしましょう」

と、中条警部が、約束した。

2

二日後、まず、山口県警の加地警部から電話が入った。

十津川が、電話に出ると、

「十津川さんが希望されていたものを、何とか、見つけましたよ」

明るい声で、加地警部が、いった。

「どこで、何が見つかりました？」

「萩に行ってきました。白石香苗は、四月十日に東京を発って、こちら方面にやって来て、十日と十一日は、萩市内のホテルに宿泊しています。高杉晋作に関心があるのなら、萩のどこを、散策しただろうかと考え、あちこち、彼女の足跡を、探してみました。そして、幸運にも、松陰神社で見つけたんですよ」

「吉田松陰の松陰神社ですね？」

「ええ、そうです。吉田松陰は、高杉晋作の先輩で、奇兵隊には、参加していませんが、高杉晋作は萩に行って、吉田松陰の松下村塾に通い、久坂玄瑞などと一緒に、勉強しています」

「松陰神社で、何が、見つかりましたか？」

「絵馬（えま）です。白石香苗が書いた、絵馬です。白石香苗が、最後に萩を訪れたのは、もうずいぶん以前ですから、レストランや土産物屋を当たったところで、まず憶（おぼ）えている人はいません。死体発見直後にも、市内の繁華街（はんかがい）を、聞き込みに回りましたが、結果は出ませんでした。白石香苗のいちばんの目的地が、高杉晋作にゆかりの場所だったとは、あの時は、考えてもみませんでしたからね。それで、今回は、高杉晋作につながる旧跡ばかりを回って、奉加帳（ほうがちょう）や絵馬、それに、よくあるじゃないですか、旅の思い出ノートとかいって、勝手に感想などを書き込むノート類が。あれらを当たってみた、というわけです。たいていの人は、自分の名前を書きますのでね。それが見事に当たりました」

加地警部が、やや長い苦労話を、終えた。

「それは、ご苦労さまでした。そうですか、白石香苗の奉納した絵馬が、あったんですね」

「ええ、ありました」

「いったい、何と書いてあったのですか？」

「『満願成就（まんがんじょうじゅ）』です」

「『満願成就』……。それで、白石香苗という名前も、書いてあったんですね？」

「それが、おもしろいことに、『おうの』と署名して、その横に、小さく『白石香苗』とありました。例の、高杉晋作の愛人の、おうのですよ。日付は、四月の十一日となっていました」

「白石香苗が『おうの』の名で、絵馬を……」

　十津川は、捜査の方向が間違っていなかったと、感じていた。

「どうやら、十津川警部がいわれたように、事件は、高杉晋作や奇兵隊がらみ、ということになってきたようです」

　加地警部のほうも、やっと捜査の進展があったことで、明るい声だった。

（白石香苗は、おうのに自分を重ねていたのか。おうのとなった彼女の「願（がん）」とは何だったのだろう？　東京・池袋で、宝石店を経営し、業界では、やり手として知られていた白石香苗が、「おうの」としての自分に、どのような願掛けをしたのだろう？）

　幕末のおうのは、谷潜蔵（高杉晋作）の妻として、武家の妻女（さいじょ）としての生涯を、まっとうしたが、白石香苗は、絵馬を奉納した翌々日、死体となって発見された。

　十津川は、少し、感傷におそわれた。

翌日の夕方、今度は、沖縄県警の中条警部から、電話が入った。

「今日、無人島にあった二つの小屋を撤去するというので、慌てて、もう一度、調べに行ってきました」

電話の向こうの、その声が、やけに明るかった。

（どうやら、中条警部も、何かを見つけてくれたらしいな）

と、十津川は、思いながら、

「ご苦労さまでした。それで、何か、収穫がありましたか？」

「三浦良介が、無人島に作った小屋ですが、小屋の梁の裏側に、例の歌が、書いてあったんですよ」

「例の歌？　高杉晋作が作った『おもしろきこともなき世におもしろく』という、あの和歌の上の句ですか？」

「いや、そうじゃありません」

「いったい、どんな歌が、書いてあったのですか？」

「高杉晋作が作ったといわれている、例の有名な都々逸ですよ」

「都々逸？」

「『三千世界の烏を殺し、主と朝寝がしてみたい』という、あの都々逸です。こちらのほうは、マジックで書いてあったのですが、調べたところ、こちらは、三浦良介の、筆跡であるかどうかははっきりしません」

「どうして、その都々逸を、三浦良介は、小屋の梁に書きつけたんでしょうか？」

「私も、その理由が、知りたくて、狭い部屋に寝転んで、天井を見つめてみました。そうしたら、急に、ウミネコの鳴き声が、やかましく聞こえてきたんですよ。どうやら、三浦良介が、小屋の中で寝転がっていた時にもウミネコの鳴き声が聞こえてきたんじゃありませんかね？　そこで、マジックを使って、小屋の梁に『三千世界の烏を殺し、主と朝寝がしてみたい』という都々逸を書きつけたのではないかと思うのです」

と、中条警部が、いう。

「そうですか。高杉晋作が作った都々逸をマジックで書きつけてあったんですか。それは、おもしろいですね」

「ええ、そうなんです。三浦良介は無人島で、一見すると、呑気に暮らしながらも、高杉晋作のことが、いつも頭の中に残っていたんじゃありませんか？　それで、とっさに『三千世界の烏を殺し、主と朝寝がしてみたい』と、マジックで、書きつけたんですよ。そうとしか思えません」

最後も、嬉しそうな弾んだ声だった。

山口と沖縄両県警の警部からの報告は、十津川の推理を、裏づけるものばかりだった。

萩の松陰神社に奉納されていた、白石香苗の絵馬と、三浦良介が身につけていたバッジ、無人島の小屋から発見された、高杉晋作の辞世の歌と都々逸。それらは、すべて高杉晋作と奇兵隊にかかわっている。

（この先には、必ず、高木晋作がいる）

十津川は、確信していた。

中西博を墜落死させた時、高木晋作は現行犯逮捕され、一年あまりを、刑務所で過ごすことになった。今度もし、殺人罪で逮捕されれば、間違いなく、長い期間、刑務所につながれることになる。

そうすれば、リストに残された、ほかの人物への報復は、かなわなくなる。高木晋作は、それを恐れているに違いない。

白石香苗の事件でも、三浦良介の事件でも、目撃者はいなかった。用意周到さが、感じられる。しかし、それが、十津川に、引っかかるものを、感じさせた。

高木晋作は、四月十日に、府中刑務所を出所した。そのたった二日後に、白石香苗が、津和野の水明館に泊まっていることを、どうやって突き止めたのだろう？

同じことは、三浦良介の場合にもいえる。

三浦良介の、無人島生活が、テレビ放映されたのは、高木晋作が、府中刑務所にいた時期だった。放映は、一度だけだったという。高木晋作が、その映像を見た可能性は低い。ほとんど、あり得ない。

三浦良介の溺死が、殺人だったという仮定のうえでだが、なぜ、高木晋作は、三浦良介の所在を、知ることができたのだろう？

（高木晋作には、協力者がいるのだろうか？　いるとしたら、誰なんだろう？）

十津川の推理は、そこに行き着いてしまうのだ。疑問は増えていった。

3

十津川は、ようやく、事件の流れをつかんだような気がした。

捜査本部の黒板には、六人プラス一人の名前が、書かれている。

中西博

仁科修三
仁科亜矢子
原田孝三郎
白石香苗
三浦良介

それにプラスして、

高木晋作

である。

一番目の中西博を、東京で殺したのが、高木晋作であることは、はっきりしている。

高木晋作は、逮捕されて、一年間の刑務所生活を送ってきた。その高木が出所した後で、白石香苗と、三浦良介の二人が、山口と沖縄で死体となった。

捜査本部は、白石香苗も、三浦良介も、中西博と同様、高木晋作に殺されたと考えているが、今のところ、はっきりした証拠はない。

それでも十津川が、白石香苗と、三浦良介の二人も、高木晋作に殺されたと考えたのは、高木の手帳の中に、この二人の名前も、中西博と一緒に、書いてあったからである。

この六人の男女に、いったい、どんな共通点があるのか、もしあるとすれば、それがどうして、殺される理由に、なるのかということである。

最初、それが分からず、十津川たちは、ただただ困惑していた。

それが、ここに来て、おぼろげながらではあるが、やっと、分かりかけてきたのである。

この六人の男女は、幕末の偉人として知られる長州藩の、高杉晋作に憧れ、自分たち六人を、高杉晋作が、組織したといわれている奇兵隊に、なぞらえていたらしいと分かってきた。彼らが作ったグループは、いったいどんなものだったのか？

多分、発足した時は、和気あいあいとした、微笑(ほほえ)ましいグループであったに、違いない。

もともと、奇兵隊は、正規の軍隊ではないという意味である。当然、六人も、自分たちを、大企業や、大きなチェーン店に対して、雑兵(ぞうひょう)集団、〝現代の奇兵隊〟、現代のベンチャー組織だと思っていたのではないだろうか？

ところが、ある日突然、彼らの誇りが消え、その上、自分たちが、危ない橋を渡っていることに、気がついたのだ。

それは、高木晋作の両親で、市議会議員だった、高木茂之と妻の友美恵が、茂之の酔っ払い運転のために、コンクリートの電柱に、激突して死亡した、その時から始まったように、十津川は、考えた。

この高木夫妻の息子、高木晋作が、両親の仇を討つために、彼らを、狙うようになった。今、理由は分からないが、高木は、両親の死が六人と関係があると思い込んでいるのではないか。

六人の一人、中西博が、高木晋作に、殺されたため、彼らは、恐怖に襲われ、奇兵隊になぞらえていた自分たちのグループを、解散して、姿を消した。

高木晋作は、白石香苗を、探し出して殺し、次に、沖縄の無人島に隠れていた三浦良介を、見つけて殺した。

もし、こうした推理が当たっていたら、高木晋作は、残りの三人、仁科修三と亜矢子、原田孝三郎を追いかけていて、見つければ、間違いなく、殺すだろう。

それを防ぐためには、高木より先に、三人を見つけ出さなければならないのだが、残念ながら、彼らの尻尾さえつかめていないのである。

また、犯人と考えている高木晋作の行方も、杳として知れない。

次の捜査会議の席上、十津川は、今までに分かったこと、分からないことについて、それを整理して、三上刑事部長に、報告した。

4

「ここに来て、この六人が、どういう仲間だったか、少しずつ分かってきました。彼らは、自分たちを、〝現代の奇兵隊〟になぞらえ、大企業に、対抗するベンチャービジネスと考えていたように思います。それは、明治維新の時に、徳川幕府という巨大な組織に対して、戦いを挑んだ長州藩の奇兵隊なのだと、自分たちのことを思っていたに違いありません。それが、突然、変質してしまったのは、七年前の十月二十日の夜、山口市内で、当時、山口市の市議会議員だった、高木茂之と、妻の友美恵が、酔っ払い運転で電柱に、激突し即死した時からだと、私は考えています。高木夫妻の一人息子、高木晋作が、一年前の三月二十五日に、六人のうちの一人、中西博を、殺害したことが、逆の証明になると思います。中西博が、高木晋作によって、殺されたその瞬間から、彼らは、恐怖に脅え始めた。グループは解散し、一人一人が、どこかに、姿を消してしまいました。中西博を殺したことで、刑務所暮らしをしていた高木晋作は、出所すると、白石香苗を探し出して殺し、次に、沖縄の無人島に隠れていた三浦良介を探し出して、殺害しました。もちろん、この二人の殺害に関して、犯人が、高木晋作だという証拠はありませんが、それでも、彼が、第一の容疑者であることには、変わりありません。ここまでは、自信を持てるのですが、このあとの捜査方針については、迷っています。あとの三人が、今、どこに隠れているのか、何をしているのかも、分かりませんし、肝心の高木晋作の行方も分からないからです」

十津川が、いい終えると、待っていたように、三上刑事部長が、

「なるほど、状況と、君の考えは、よく分かったが、私からも、いいたいことがあるのだがね」

「どうぞ、おっしゃってください」

「君は、中西博をはじめとした六人の人間が、グループを作り、自分たちを、〝現代の奇兵隊〟と考え、既存の大企業に対抗するベンチャービジネスを始めたといった。それでいいかね？」

「はい。いまも、全容はつかめていませんが、そうではないかと思っています」

「その〝現代の奇兵隊〟の中に、七年前に亡くなった、高木茂之と友美恵の夫妻、その一人息子の、高木晋作は、入っていたのかね？　もし、入っていなければ、今回の事件は、起きていないんじゃないか？　彼らが、〝現代の奇兵隊〟に、入っていたからこそ、七年前の、高木夫妻の交通事故死から対立が生まれ、ついには、仲間割れを起こして、高木晋作が、殺人に走るようになったんじゃないのかね？」

「高木晋作が、〝現代の奇兵隊〟グループに入っていたことは、十分に、考えられます。しかし、彼の両親、市議会議員の高木茂之と妻の友美恵は、入っていなかったと思います」

「どうして、高木夫妻が、〝現代の奇兵隊〟に、入っていなかったと、思うのかね？」

「幕末の長州藩には、侍たちが作った、いくつかの組織がありました。それらに対抗して、高杉晋作は、奇兵隊を、作り上げました。奇兵隊という意味は、もともと、正規の軍隊ではないという意味ですから、現代風にいえば、正社員に対して、臨時職員を、集めたようなものです」

「それで？」

「高木晋作の父親、高木茂之は、当時、山口市の市議会議員でしたから、長州藩でいえば、身分は、侍ということです。侍の中でも上位の侍で、おそらく、城代家老くらいだったと考えられますから、そういう人間が、正規の軍隊ではない、奇兵隊に入ることは、まず考えられません。一方、息子の高木晋作のほうは、当時は学生で、幕末の長州藩でいえば、まだ、侍ともいえないような身分だったと考えられますから、彼が、〝現代の奇兵隊〟に入っていたとしても、決して、おかしくはありません」

十津川が、いうと、三上は、

「つまり、奇兵隊は、長州藩の、正規兵ではなくて、侍以外の者の、集まりということだな？」

「奇兵の奇は、奇抜なとか、奇妙なとかいう意味ではなくて、正規軍ではない非正規軍という意味です。その点、高木晋作の父親、高木茂之は、山口市の市議会の議員でしたから、れっきとした侍です。それも、上級の侍ですから、奇兵隊に、参加するはずはないのです」

「そういえば、殺された三人のうち、中西博は、不動産会社の社長だったし、二番目の白石香苗は、宝石商だった。三番目の三浦良介は、ホームレスだったから、三人とも、昔でいえば、侍ではなかったわけで、商人であり、無職の人間だ」

「われわれの推理が、正しければ、残る三人、仁科修三と亜矢子、原田孝三郎の三人も、役人ではなくて、商人、あるいは浪人、無職、そういう人間たちだと思います」

自信を持って、十津川が、いった。

「議論を先に進めよう。中西博を墜落死させた犯人は、高木晋作だが、彼の立場が、どんなものだったのかを考えてみたい。さっきも、いったが、高木は六人が作る奇兵隊に入っていたのか、それから考えてみようじゃないか」

「高木晋作は、生まれた時、郷土の英雄、高杉晋作に、あやかろうと、両親によって、晋作という名前が、付けられました。高木自身も、郷土の英雄、高杉晋作に憧れていたと、思われます。そんな、高木晋作が、中西博たちのグループに対して、悪い感情は、持っていなかったと思います。何しろ、〝現代の奇兵隊〟ですから、もちろん、殺人の対象として見ていたとは、とうてい思えません」

「それが、突然、変わるんだな？」

「そうです」

「さっきの、君の推理では、七年前に、高木晋作の両親が、交通事故で、死亡した。その時から、高木晋作は、六人のグループを、それまでとは、少し違った目で、見るようになった。君は、そんなふうに、考えているんじゃないのかね？」

「そうです。たしかに、私は、それが、今回の一連の殺人事件の、動機になっていると、思っています」

と、十津川が、いった。

「しかし、七年前の交通事故が、どうして、連続殺人事件の動機になっていると、思うのかね？」

「七年前の、十月二十日の夜に起きた、この交通事故については、山口県警にお願いして、今回、改めて、調べ直してもらいました。七年前のこの夜、高木茂之は、妻の友美恵を助手席に乗せて、自家用車を運転していました。当時、高木茂之は五十二歳、妻の友美恵は四十八歳でした。高木茂之の運転していた車は、コンクリートの電柱に猛スピードで激突して、二人は即死です。警察が調べたところ、高木茂之は、泥酔状態だったことが分かり、酔っ払い運転による事故死と、断定されました」

「事故を調べた山口県警は、酔っ払い運転による事故死だと、断定しているんだろう？」

「その通りですが、山口県警が、断定しているように、高木茂之の酔っ払い運転ならば、今日の連続殺人事件は、起きていないんじゃないかと思うのです。それでこの交通事故には、別の面があったと、私は考えているのです」

「それで？」

「高木夫妻の交通事故死があったから、グループ内に亀裂が走り、対立が生まれた、というのではない、と考えています」

「どういうことかね？」

「真相は、順番が逆で、グループ内の対立が、表面化した結果として、交通事故が引き起こされたのです」

「それだと、交通事故は、故意によるもの、というふうに聞こえるが……」

三上が、きいた。

「あくまでも、私の個人的な想像ですが、七年前の交通事故は、何者かによって仕組まれたものではなかったのか？　飲酒運転による交通事故として、処理されているが、実際には、殺人事件ではなかったのか？　そんなふうに考えたのです」

「七年前の事件は、交通事故死として処理されてしまっている。いまでも山口県警は、その考えを、変えるつもりはないわけだろう？」

三上が、鋭い目で、十津川を見た。下手をすれば、警視庁と山口県警との間で、ケンカになってしまう。

「そうです」

「じゃあ、君のいう、仕組まれた交通事故を、裏づける証拠は、あるのかね？　何もないんだろう？　単なる君の、想像じゃないのかね？」

「たしかに現段階では、証拠にとぼしく、仮説にすぎません。しかし、故意による交通事故だったと考えれば、すべての辻褄が合うのです」

十津川が、いった。

「高木夫妻の交通事故死については、不明なところが多すぎます。自宅で飲酒していたのに、なぜわざわざ出かけたのか。そして、どこへ行こうとしたのか。乗っていたベンツも大破したため、検証できなかった。誰かが、事前にベンツに細工をして、高木夫妻が、飲酒しているにもかかわらず、自宅を飛び出して、どこかへ駆けつけなければならなかった、そういった状況を、作り出せる可能性もあった、といえます。高木夫妻を激昂させ、あるいは、極度の不安に落とし入れ、正常ではない心理状態で、運転させるような状況です」

だれも、発言しなかった。

「高木晋作も、疑惑を持った。それが、いつであったのか？　少なくとも、中西博を、ビルの屋上に追い詰めた事件よりは、以前のことでしょう」

「いまとなっては、交通事故の真相は、『藪の中』ということだ。再検証は、不可能だ」

三上がいう。

「はい。七年前の、交通事故の再検証は、もはや不可能です。ただ……」

「ただ、何だね？」

三上が、先をうながした。

「ただ、もし誰かが、交通事故の真相を、高木晋作に伝えたとしたら、その人物をたぐっていけば、高木晋作が殺意を抱いた動機を、解明することは可能です」

「じゃあ、高木晋作に、情報を漏らしたのは、いったい、誰なんだ？」

「いまは、分かりません。リストにあった六人のうちの誰かが、仲間を裏切って漏らしたのか、もっとほかに、高木晋作の協力者がいたのか」

「高木晋作は、大学卒業後は、フリーの旅行ライターをやっていたんだな。となれば、高木晋作が自分自身で、疑惑を解明していった、とも考えられるわけだ」

三上が、いった。

「いえ、中西博の事件の際、殺害の動機を見つけるために、高木晋作の行動を、徹底的に追跡しましたが、大学卒業後に、郷里の山口に帰った形跡はありませんでした。高木自身が、調査をした可能性は、ないと思います。とすれば、残されたのは、リストの六人のうち、まだどこかにいると思われる三人、仁科修三か亜矢子、あるいは原田孝三郎のうちの誰かが、密告したか、それとも、われわれが知らない協力者がいる、ということになります」

「じゃあ、君が主張するように殺人事件だったとしよう。誰が、何のために、高木晋作の、両親を殺したのかね？」

「私は、こう考えました。中西博たち六人は、〝現代の奇兵隊〟を立ち上げ、大企業と戦うベンチャー企業だと自慢していたに、違いありません。六人は、山口県内で仕事をしていたのではなくて、山口は、あくまでも、本拠地として、県外で仕事をしていたと思います。例えば、中西博は、東京で、貸しビル会社を経営して成功していた。白石香苗も、東京で宝石店を経営して繁盛していた。三浦良介が、七年前頃、どこで、何をやっていたのかは、まだ分かっていません。他の三人もです。最初の頃、高木茂之の方は、老舗高級料理店も経営し、山口では、かなりの有力者だったに違いありません。山口の市議会とか、市役所に対して、相当の力を、持っていたと思うのです。また、高木茂之は、生まれた一人息子に、晋作という名前を、つけたくらいですから、中西たちが立ち上げた〝現代の奇兵隊〟に対しても、いい感情を持ち、持ちつ持たれつの関係だったと思うのです。うがった見方をすれば、高木は、中西たちにさまざまな面で便宜を図っていて、彼らからは、ある種の援助を受けていたのではないか。それが、七年前のある時、突然、中西たちと、高木茂之との友好的な関係が壊れてしまったのではないか。例えば、高木茂之が、なんらかの理由で、大金が必要になったので、それを中西たちに要求したところ、断られてしまった。そうなると、高木茂之と中西たちの間が、険悪なものになってくる。逆に、高木は中西たちの存在が邪魔になってくる。歴史をひもといてみますと、実際の奇兵隊もそうでした。尊王攘夷の動きの中で、奇兵隊は、長州藩の中で大きな存在になり、戊辰戦争でも大きな働きをして、明治維新に貢献しました。ところがその後は邪魔者扱いされ、怒った隊士の中から、反乱者が出て、最後には、反逆者として、処分されてしまったのです。市議会議員を、敵に回したことで、自分たちが、危なくなってしまうのではないか？　そう考えた中西たちが、機先を制して交通事故に見せかけて、高木茂之を、殺してしまったのではないか？　そんなふうに、考えてみたのです」

「息子の高木晋作が、両親の復讐のために、殺人を、繰り返しているとすれば、両親の交通事故が、本当は殺人事件だと、分かったことになる。山口県警が、交通事故として、処理したものを、どうして、高木晋作が、殺人だと、気がついたのかね？　その点を、どう説明するんだ？」

「残念ながら、その問題については、全く分かっておりません」

と、十津川は、正直にいった。

「それでは、捜査に支障を来たすんじゃないのかね？　高木晋作が、両親は、中西たち〝現代の奇兵隊〟に殺されたと勝手に解釈して、殺人を重ねているとすれば、これは、完全なリンチだよ」

「その通りです」

「高木晋作が、残りの三人を殺す可能性が、極めて高いわけだろう？」

「そうです。高木晋作は、間違いなく、残りの三人を、狙っていると思っています」

「念を押すが、高木晋作は、自分勝手な妄想で、連続殺人を犯しているということになってしまうだろう？　われわれとしては、その前に、高木を逮捕し、同時に七年前の交通事故が殺人ならそれを、証明しなくてはいけないんじゃないかね？」

「もちろん、そのつもりで、捜査を進めます」

と、十津川が、いった。

「分かった。現段階では、その線で捜査を進めよう。リストの残りの三人か、あるいは、高木晋作の協力者を、探し出すのに、全力をつくしてほしい」

三上刑事部長が、締めくくった。

5

十津川は、山口県警の加地警部に、電話をかけた。

まず、捜査会議の模様を説明してから、

「どうしても、今回の、連続殺人の動機は、七年前の十月に起きた、高木夫妻の交通事故死にあると思えるのです。両親の事故は、ただの酔っ払い運転による交通事故ではなくて、何者かによって、仕組まれた殺人だった。高木晋作は、その事実を知って、その復讐をしているのではないでしょうか？　もし、この考えが、正しければ、今回の連続殺人の動機が、解明できるのですが、どう思われますか？」

十津川が、いうと、加地警部は、

「十津川さんのお話は、よく分かりましたが、七年前の高木夫妻の死亡は、こちらで、酔っ払い運転による交通事故死として、すでに処理されています。もちろんきちんと捜査してです。したがって七年前のこの事故を、再捜査することは、まず不可能です。十津川さんも、そのことは、ご理解されていらっしゃると思いますが」

と、釘(くぎ)を刺してきた。

「もちろんよく分かっているつもりですが、それでも何とかなりませんか？」

「いや、いくら警視庁の頼みであっても無理ですよ。十津川さんだって、七年も前に処理した交通事故があって、それをもう一度捜査してくれと頼まれたら、どうされますか？　警視庁として捜査をやり直されますか？」

加地は、そういったあと、急に声をひそめて、

「ただし、私が、個人的に興味を持って、調べ直すというのであれば、県警本部からも、文句は来ないとは思っています。時間がかかりますが、それでよろしいですか？」

と、いってくれた。

「ありがとうございます。もちろん、それで結構です。ご面倒をおかけしますが、よろしくお願いします」

十津川は、感謝して、電話を切った。

しかし、個人的に、それも内密に、七年前の交通事故を調べ直すということは、かなり難しいことのようで、その後、丸二日間、加地警部から何の連絡もなかった。

三日目になって、やっと、加地警部から電話が入った。

十津川が、電話に出ると、いきなり、

「結論から、先に申し上げると、七年前の交通事故を、殺人事件に変えることは、無理ですね」

と、いわれてしまった。

「そうですか」

十津川が、ガッカリした声で、応じると、加地は、

「ただ、七年前のちょうどその頃、山口市議会では、議長選挙が、ありましてね。高木茂之は、その選挙に、打って出ています。高木茂之は、市議会では、与党でしたが、彼の先輩の中に一人、議長選挙に、立候補した者がいて、高木茂之が議長になることは、相当難しかったそうです。ですから、議長になろうとすれば、かなりの資金が必要でした。議長になるには、自分を推してくれる議員の数を、集めなくてはなりませんからね。若い高木茂之にはそれが難しいのではないかと、思われていたのです。それなのにどういうわけか、高木茂之本人は、自信満々だったというのですよ。当時のことを、知っている二、三人の議員に当たって、きいてみたのですが、高木議員には、必要な資金の当てがあったのではないか？　われわれの知らない後援者がいて、彼を議長にするために、相当の資金を、出してくれることになっていたのではないのか？　それで、高木議員は、自信満々だったんじゃないのか？　そういう声を、

聞きました。その時、高木議員が、期待していたのは、十津川さんのいわれた、例の〝現代の奇兵隊〟だったんじゃないかと思います」

「それで、選挙の結果は、どうだったんですか？」

「高木茂之は、議長に、なれませんでした。彼を推す議員の数が、足らなかったんですよ。ということは、期待していた資金が、思うように集まらなかったとしか考えられません」

と、加地警部が、いった。

加地警部の話は、十津川にとって、いい知らせだった。おそらく、高木茂之は、議長選挙に使うための資金は、中西博たち〝現代の奇兵隊〟が出してくれると、期待していたのだろう。

だが、結局、その資金は、出なかったのだ。それで、高木茂之は、議長になり損ねた。

高木茂之と、中西たちの関係は、当然のことながら、最悪のものになってくるはずである。

期待を裏切られた高木茂之が、どんな反撃に出てくるか分からない。とにかく、市議会議員、それも、力を持った与党の議員なのである。〝現代の奇兵隊〟は、高木にとって邪魔な存在になってくる。

中西博たちは、そのことに、恐怖を感じたのではないだろうか？ そこで、機先を制して、交通事故に、見せかけて、高木議員と、妻の友美恵を一緒に、殺してしまったのかもしれない。

もし、このストーリーが成り立つのであれば、今回の連続殺人の動機が、はっきりしてくる。

ところが十津川は、逆の考えも可能になることに気づいて、愕然とした。

選挙資金が足りずに、議長になることができなかった高木茂之が、そのことに悲観して、自暴自棄になった挙句、酔って車を運転し、コンクリートの電柱に激突して、妻もろとも、死んでしまったというケースもありうることに気づいたのだ。つまり、山口県警が断定している、これまで通りの飲酒運転による交通事故死も成り立つのである。

十津川は、考えた末、沖縄県警にも電話をして、無人島で死亡した三浦良介の過去について、調べてくれるように要請した。

三浦良介が、最初からホームレスだったとは、とても考えられない。

おそらく、六人で、〝現代の奇兵隊〟を作った時には、三浦良介も、中西博や白石香苗同様、何らかの、自慢できる事業をやっていたに違いない。それが、なぜ、ホームレスになってしまったのか？

その間の事情を調べていけば、七年前の交通事故死について、何か、真相のようなものが浮かび上がってくるのではないかと、十津川は、考えたのだ。

三浦良介は殺された時、四十五歳だった。だとすれば、七年前には三十八歳である。その頃、三浦良介は、いったい、何をしていたのだろうか？

それを、沖縄県警に突き止めてもらいたいと、思ったのである。

こちらのほうも、依頼してから、三日経って、沖縄県警の中条警部から、十津川に、電話が入った。

「七、八年前頃について重点的に調べたところ、その頃、石垣島に、東京の観光案内会社が進出してきていたことが分かりました。その観光案内会社は、資金不足に陥って、わずか一年で潰れてしまいました。その観光案内会社の社長が、三浦良介です」

中条警部の話によれば、石垣島での観光案内事業に失敗し、赤字を出して東京に引き揚げた後の三浦良介の消息は、分からないという。

「その、三浦良介が、今回、無人島でホームレスのような生活をしていて、その挙句、溺死したと聞いて、どう思われましたか？」

と、十津川が、きいた。

「いや、全く結びつきませんでした。そちらからの照会があって、調べてみて、七年以上前に、石垣島に、観光案内会社を作った人間と同一人物だと、初めて気がつきました。びっくりしています」

中条は、当時のことを、よく知っている石垣島の人に会って、話を聞いてきたという。

「面白いというか、興味深い話が、聞けましたよ」

と、中条が、いう。

「当時、社長が三浦良介で、社員が二人の小さな観光案内会社だったといいます。その頃、たまたま、同業者が遊びに行った時に、社長室に、三味線が置いてあったそうです」

「三味線？　沖縄の三線じゃないんですか？」

「いや、三線ではなくて、三味線だったので、今でも、よく覚えていると、いっているのです。ですから、和三味線です」

二十九歳で亡くなった高杉晋作が、三味線を常に持ち歩いていたことは、だれでも知っている有名な話である。高杉晋作記念館には、晋作愛用の、三味線が飾ってある。

たぶん、沖縄の石垣島に観光案内会社を立ち上げた三浦良介は、自分を、高杉晋作に重ね合わせて、大きな希望を、抱いていたのだろう。

社長室に三味線を置いて、折りに触れて、つま弾いていたのでは、ないだろうか？

その直後に、三浦は、倒産してしまった。それは、今回の溺死と関係があるのだろうか？

第五章　キャンピングカー

1

前回の電話から数日後、山口県警の加地警部から、十津川に電話が入った。

「やっと見つけましたよ」

加地警部の、弾んだ声がした。

「メモの六人について、顔写真が手に入り、職業も分かりました」

「えっ？　いったいどのようにして？」

十津川は、半信半疑できいた。

「十年ほど前からの地元紙を、丹念に読み返したところ、八年近く前の正月に、全員が写った記事を見つけました。全員というのは、事故死した高木夫妻と、メモにある

「全員の名前も、確認できたのですか？」

「八人で、高杉晋作の顕彰会を、作ったということです。それも、法人組織という、本格的な会でした。警視庁あてに、記事のコピーと、顔写真をファックスで送るよう、指示しました。顔写真は、新聞社にプリントの現物が保存されていて、新聞よりはるかに鮮明です。詳しくは、私のメモもつけましたので、そちらで確認してください」

「ありがとうございます。助かりました。さらに犠牲者が増えるのではないかと、少し焦っていたところでした。本当にありがとうございます」

十津川は、加地警部に感謝のことばを繰り返し、電話を切った。

内心では、安堵もおぼえていた。〝現代の奇兵隊〟などという、大胆な推理をしたものの、まだ裏づけに、決定的なものを欠いていたのだ。

十津川は、三上刑事部長に頼んで、急遽、捜査会議を開いてもらった。

その捜査会議の席上、十津川は、自分の考えを、三上刑事部長に、素直に、伝えた。

捜査班の壁には、男女八人で撮った写真が、貼られていた。今から、八年近く前の正月に撮られた、あるグループの写真である。

グループの名称は、「高杉晋作顕彰会」といい、中央に写っている夫婦は、グループの中心的な役割を果たしていた、高木茂之と妻の友美恵である。

当時、高木茂之は、市議会議員を務めていた。妻の友美恵は、中学の歴史の、教師だった。

高木は、この頃から郷里の英雄、高杉晋作の熱烈なファンで、いわば郷土史家のような研究を、していたといわれる。そして、高杉晋作の業績を顕彰しようという趣旨で作ったのが、「高杉晋作顕彰会」なのである。

高木茂之に、賛同して集まってきたのが、六人の男女である。

中西博、白石香苗、三浦良介、仁科修三と、その妻、亜矢子、そして、原田孝三郎、この六人である。

この六人に、高木夫妻を加えた八人の「高杉晋作顕彰会」のメンバーのうち、すでに、五人が死んでいる。

この記念写真を撮った後、この「高杉晋作顕彰会」の生みの親である高木夫妻は、七年前の十月二十日の夜に、交通事故で、死亡している。

そして、高木夫妻の呼びかけに応じて集まった六人のうち、中西博、白石香苗、三浦良介の三人が、この二年の間に、殺されてしまった。

残るのは、仁科修三・亜矢子夫妻と原田孝三郎の三人である。

「この三人の居場所は、分かっていないのか？」

三上が、写真に目をやりながら、十津川に、きいた。

「現在、全く、分かりませんし、連絡も、取れません」

「彼ら三人は、自分たちが、誰かに、命を狙われているのは、承知しているのかね？」

「はい。知っているはずです。同じグループの三人が、すでに、殺されていますから」

「この三人が、警察に助けを求めてくるということは、考えられないのか？」

「おそらく、来ないと思います。すでに、三人も、殺されていますから、警察は、頼りにならないと思っているでしょう」

「それにしても、これを、見る限りでは、みんな仲良さそうに、写真に、写っているじゃないか？　それなのに、どうして、この後に殺人事件が、起きてしまうのかね？」

三上は、分からないというように、首を振った。

「そのことについても、今回の事件を、追っている山口県警の、加地警部といろいろと話し合っているんですが、加地警部にも、なぜ、こんなことに、なってしまったのか、分からないそうです。何しろ、高木夫妻は、何回もいいますように、夫は、山口市議会の議員という、要職を務めていて、奥さんは、中学校の教師です。それに、高杉晋作の、顕彰会をやっていますから、人に恨みを買うような人間ではないと、思うのです」

「この写真に、写っている八人が、君のいう『高杉晋作顕彰会』の、グループなんだろう？」

「そうです」

「どうして、この八人が、集まることになったのかね？」

「山口には、前から、郷土の英雄、高杉晋作を顕彰する団体がいくつも、あったそうで、七年前、正確にいえば八年前ですが、その時に、山口市の市議会議員の、高木茂之と妻の友美恵の二人が音頭を取って、何番目かの、『高杉晋作顕彰会』を作りました。そのメンバーが、この八人だそうです。いずれも高杉晋作の熱烈なファンで、できれば、高杉晋作のような生き方をしたいという連中が集まったのだそうです。それが、八年近く前のことで、その年の十月二十日に、高木夫妻が、交通事故死をしてしまうのです」

「確認するが、問題の息子、高木晋作は、その年に、東京の大学に入学したんだったね？」

「そうです」

「当時大学一年だった高木晋作が喪主になって、両親の葬儀を行い、実家の料理店を処分して、東京に舞い戻ってしまった。そういうことだったね？」

「はい。その通りです。高木晋作、これは、両親が、高杉晋作にあやかって、一人息子につけた名前ですが、彼は、かなりの額の、遺産を受け継いでいます。今もなお、何百万円かの、現金は、持っているはずです」

と、十津川が、いった。

2

「なるほど。それで、君が急遽、捜査会議を、開いてほしいという理由を話してみたまえ」

「今も、申し上げたように、このままでは、次の殺人が、起こってしまうのではないか？ そんな気がしているのです。この際もう一度、今回の、一連の事件を振り返ってみたい。そう思い、刑事部長に、無理をいって、捜査会議の開催を、お願いしたのです」

「分かった。それでは、今回の事件について、もう一度、最初から振り返ってみようじゃないか」

「八年前に、この八人で、新しい『高杉晋作顕彰会』が出来、一年後に高木夫妻が交通事故で死亡し、酔っ払い運転による事故だと、断定されましたが、一人息子の高木晋作は、それを、信じなかった。それで事件が、起きてしまった」

「高木晋作は、自分の両親は、七年前に、この写真に写っている六人に殺されたと思っている。それが、殺人の動機だと、君は、思っているんだな？」

と、三上は念を押した。

「そうです。ほかに、動機らしいものが見つかりません」

「しかしだね、写真を、よく見てみたまえ。さっきもいったが、全員、仲良さそうにして、楽しそうに、笑っているじゃないか？ それなのに、このうちの六人が、高木夫妻を、どうして、殺したのかね？ 私も、高杉晋作は、大好きな英雄だよ。二十九歳という若さで亡くなったのは、残念だが、明治維新の時の英雄たちの中では、彼が、いちばん好きだね。とにかく、生き方が、面白いんだ。当然、この八人も、高杉晋作が好きで、それで集まっているわけだろう？　それなのに、どうして、事件が起きたのかね？」

「よく、分かりませんが、逆に、だからこそ、事件が起きてしまったと、いえるかもしれません」

と、十津川が、いった。

「だからこそというのは、どういうことかね？」

「今回の事件が、起きてから、私は、高杉晋作という、維新の英雄について、いろいろと調べてみました。刑事部長のいわれるように、高杉晋作という人間は、なかなか面白い性格ですし、行動が突飛で、多くの人間が、彼のことを、好きになるのも、無理はないと思います。しかし、これは、高杉晋作だけではなく、英雄にありがちなことですが、行動が、極端だったりするために、高杉晋作を、好きな人間もいる代わりに、嫌いな人間も、いると思うのです。例えば、晋作の両親、特に父親は、終始息子のために、迷惑を受け、時には、家を守るために、晋作を、勘当しているのです。この八人が全員、高杉晋作のファンだったとしても、そのファンのあり方や、どこが好きだとか、嫌いだとかいうことで、ケンカが、起きたということも、十分に考えられるのです。特に、高木夫妻は、山口市議会の議員と、中学教師という夫婦ですから、ほかの六人とは、少しばかり違った感じで、『高杉晋作顕彰会』を、作ったのではないでしょうか？」

「そういうことも、あるかもしれないが、はたして、それが、交通事故に、見せかけた殺人事件にまで、発展するものだろうか？」

「その辺のところは、私にも、分からないのですが、もっと、別の動機が、あったのかもしれません」

「それで、残りの三人だが、このうちの、仁科修三・亜矢子の夫妻は、今まで、何をやっていたのかね？」

三上が、具体的な質問をした。

「こちらで、調べたところでは、箱根の芦ノ湖で、夫婦で旅館を、経営していました。ザ・ハコネというペンションのような旅館ですが、今は、その旅館には、仁科夫妻は帰ってきていません」

「最後の、原田孝三郎だが、この三十歳の男は、前は、何をしていたんだ？」

「大阪で、友人と二人で、小さな旅行会社を経営していました。この原田孝三郎も、数年前に友人とは別れて、姿を消しています。旅行業の相棒は、それ以降は何の連絡もないので、どこにいるのか、分からないといっています」

「その友人とは、連絡がつくのかね？」

「つきます。もし、原田孝三郎から、何か、連絡が入ったり、彼について、何か分かったら、すぐに知らせてくれるように頼んであります」

「それでは、その友人に、会いに行きたまえ」

「それで、何を、きいてきますか？」

「もちろん、原田孝三郎という男についてきいてくるんだ。私は、七年前の、交通事故について、もっと、はっきりした説明を聞きたいんだよ。今回の一連の事件の原因だからね。その件について、原田孝三郎が、姿を消す前に、友人に、何かを話していないか、その点を、確認してもらいたいんだ」

「分かりました」

「そうなると、最後は、容疑者の、高木晋作だな」

と、三上が、いった。

「この容疑者も、現在、どこにいるのか、分からないのだろう？」

「そうです。全く、分からないせん」

「高木晋作は、東京の大学に行っていたことがある」

「そうです」

「それならば、東京に、彼の友人が、何人もいるんじゃないのかな？　そうした友人たちに話を聞けば、高木晋作の居どころは、分からないにしても、なぜ、殺人を、重ねているのか、それが、分かるんじゃないのかね？」

「私も、今、刑事部長がいわれたのと、同じことを、考えまして、すでに、刑事たちに、高木晋作の周辺を、調べるように指示してあります」

と、十津川は、いった。

3

捜査会議の翌日、沖縄県警の中条警部から、電話が、入った。

「三浦良介の件ですが、発見された時は無人島で、ホームレスのような、生活をしていましたが、先日も申し上げたように、最初に、沖縄に来た時には、かなりの金も持っていて、仲間二人と、沖縄で、旅行案内のような仕事を、していました」

「ええ、そういうことでしたね」

「その仲間二人のうちの一人が、見つかったので、話を聞きました。彼は、三浦良介らと三人で、旅行案内の、仕事をやっていたが、一人になった今も、沖縄本島の旅行会社に入って、同じ仕事をやっている。三浦良介が、無人島で、ホームレスのような生活をしているとは、全く知らなかった。そういっています」

「その男は、ほかに、どんな話を、しているんですか？」

「仲間三人で、旅行案内のようなことを沖縄で始めた頃は、三浦良介が、資金を出していたといっています。ところが、急に、三浦が、申し訳ないが、この仕事から、手を引きたいといい出し、今になって、そんなことをいわれても困ると文句をいうと、いきなり、百万円の、現金を二人に渡して、これで勘弁(かんべん)してほしいといって、姿を消してしまったそうです。ですから、三浦良介がホームレスのような生活を、送っていたと聞かされても、どうにも、ピンと来ないというのです。三人で、旅行案内の仕事を始めた頃には、彼がいちばん、お金を持っていて、彼が最も多く、資金を出していたとも、いっています」

十津川が、きいた。

「その友人の話ですが、信用できそうですか？」

「ええ、できると思いますね。彼と話をしていて、ウソをつくような男には、見えませんでしたから」

「そうすると、三浦良介は、どうして、ホームレスのような生活を、していたんでしょうか？」

「それが、私にも、分からなくて困っているんです。ですから、あともう一人、沖縄で一緒に、旅行案内の仕事をやっていた時の仲間がいたはずですから、その男を、何とかして、見つけ出して、話を聞いてみようと、思っているんです」

と、中条警部が、いった。

（どうにかして、殺された被害者の、周辺にいた人間から、「高杉晋作顕彰会」の、問題とか、七年前の交通事故についての話を、聞くことができれば、事件は、一気に、解決に向かうかもしれない）

と、十津川は、思った。

そこで、三上刑事部長のいった高木晋作の大学の友人や、最初の被害者、中西博、二人目の被害者、白石香苗、この二人の友人や知人に会って、何とか、必要な知識を手に入れようと、亀井と二人で出かけた。

十津川と亀井は、池袋の、白石香苗が経営していた宝石店を、訪ねてみることにした。

オーナーの白石香苗が殺された後も、マネージャーだった二歳年下の早坂弘子が、店を切り盛りしていた。

二人が、

「お店の経営は、大変でしょう？　よくやっていらっしゃいますね」

と、褒めると、早坂弘子は、

「実は、白石社長の、親戚の人が来て、店が赤字にならないなら、あなたが、店を経営してみませんか？　そういわれたので、こうしてやっているんです」

と、いう。

「あなたは、白石香苗さんの店のマネージャーだったわけでしょう？」

「そうです」

「何年ぐらい、マネージャーを、やっていたんですか？」

「四年半ぐらいだったと思います」

「それなら、白石香苗さんのことをいろいろとご存じじゃありませんか？　例えば、プライベートな面も、ご存じなのではありませんか？」

亀井が、きくと、

「たしかに、私は、四年半も、白石社長の下でマネージャーをやっていましたが、白石社長のプライベートなことは、それほど、知っているわけではありません」

「いや、それでも、構いませんよ。とにかく、亡くなった、白石香苗さんについて、どんなことでもいいから、知りたいのです」

十津川は、例の、「高杉晋作顕彰会」の写真を、早坂弘子に、見せることにした。

「この写真は、今から八年前に、撮られた写真です。白石香苗さんは、山口県の生まれで、山口の英雄である高杉晋作を、顕彰する会があって、それに入っていたのですが、そのメンバーを写した写真が、これなんです。『高杉晋作顕彰会』のことを、聞いたことが、ありますか？」

「ええ、『高杉晋作顕彰会』のことでしたら、聞いています。白石社長は、よく私に話してくれましたから。私も、実は、山口の人間で、顕彰会には入っていませんでしたが、高杉晋作が、好きなんですよ。それで、白石社長は、私を、マネージャーにしたんだと思います」

と、弘子は、いった後、続けて、

「おそらく、この写真は、白石社長が、まだ東京に、出てくる前、山口市内で、時計と宝石の小さな店を、出していたことがあるんですが、その頃のものだと、思いますわ」

「あなたは、四年半前に、マネージャーになったんだから、その頃はまだ、あなたは、白石香苗さんの店のマネージャーは、やっていませんね？」

「ええ、その頃は、まだ白石社長にもお会いしていませんから」

「この写真を、以前に、見たことがありますか？」

十津川が、弘子に、きくと、

「この写真を、見た記憶はありませんけど。ただ」

「ただ、何ですか？」

「白石社長が、池袋にこのお店をオープンした後、この中の人、一人か二人が、時々、お店に、いらっしゃっていましたよ」

と、弘子が、いう。

「あなたが見たことがあるのは、どの人たちですか？」

十津川が、きくと、早坂弘子が、

「この人とこの人」

と、いって、写真の中の、二人の人間を指差した。

それは、仁科修三と亜矢子の夫婦だった。

4

「このお二人は、仁科修三さんと亜矢子さんというご夫妻なんですが、二人で一緒に、この店に見えたんですか？　間違いありませんか？」

「ええ、山口時代からの、古くからの知り合いだと、社長も、おっしゃっていましたから、かなり前からの、お友だちなんだと、思っていました」

「この仁科夫妻が最後にこちらに見えたのは、いつ頃ですか？」

「たしか、今から、一年ほど前だったと、思います。このご夫妻が見えると、いつも白石社長は、前の喫茶店で、待っていてほしいといって、すぐに、店を私に任せて、出ていかれましたから、かなり親しい、昔からの、お友だちだと思いました」

「ほかにも、この中で、ここに、来たことのある人はいますか？」

亀井がきくと早坂弘子は、

「たしか、この人も見たことがあります」

と、いって、今度は、三浦良介を、指差した。

「この人は、店に来ると、沖縄旅行のパンフレットを、私たちにも、配ってくれたんですよ。沖縄に行きたいと、思ったら、白石社長にいって、私に連絡をしてくださいって。たしか、石垣島かどこかで、旅行案内のような会社を、やっていると聞きました」

「この男性が、やって来た時は、白石香苗さんは、どんな様子でしたか？　仁科夫妻が来た時のように、喜んでいる、感じでしたか？」

十津川が、きいた。

「やたらに沖縄の話をして下さるんで、みんな、喜んでいたんですけど、白石社長は、ひどく、難しそうな顔をしていたのを覚えているんですよ。いつだったか、この人を奥の社長室に連れていって、一時間近くも、何か話し込んで、いましたわ」

「白石香苗さんという人は、いつもは、どんな感じだったんですか？　明るかったですか？　それとも、心配そうな顔を、していましたか？」

「社長は、仕事熱心で、いつも大きな声を出して、私たちに指示を出していました。この店でいちばん元気なのは、白石社長だと、みんなが、いっていたんです。それが事件の一年ほど前から、なぜか、沈んだような様子だったり、心配そうな表情だったりしていたので、どうしたのかと、思っていたんですけど」

「その理由を、白石香苗さんに、直接、聞いたことは、ないんですか？」

「一度だけですが、きいたことが、あります。でも、そんな時は、何でもない、大丈夫よと、大きな声で、おっしゃるんで、安心していたんですけど、それが、あんなことに、なってしまって」

弘子が、声を落とす。

「白石香苗さんに、脅迫の手紙が届いたり、無言電話が、かかってきたりしたことは、ありませんか？」

「それは、全然ありません」

きっぱりと、弘子が、いった。

ということは、犯人は、白石香苗を脅かしたり、強請ったりはせずに、いきなり、殺してしまったのだろうか？

「白石香苗さんが、津和野に行き、萩の、菊ヶ浜の松林の中で、発見されたことは知っていますよね？」

「ええ、もちろん、知っています。ご遺体の確認にも出向きましたから」

「その時、マネージャーのあなたには、これから、萩、津和野方面に行ってくるといって、社長は出かけたんですね？」

「ええ、そうです」

「旅行中に、何か連絡はありましたか？」

「山口の警察の方にも、申し上げましたが、旅行に出発された翌日の、四月十一日の夜に、お店に電話がありました」

「なんて、おっしゃってましたか？」

「お店の状況を、おききになりました。それから、二日間、萩の近辺を散策したので、翌日は、津和野へ向かう、ということでした」

白石香苗は、自分が殺されるような心配は、していなかったのだろうか？

「白石香苗さんに、変わった様子はありましたか？」

「いいえ。とてもお元気な、ご様子でした。ことに、津和野へ行かれるのを、楽しみにしておられるようでした」

「と、いいますと、具体的な、お話でも？」

「いえ、なんとなくです。どなたか、お知り合いの方と、会われるのか、と思いました。以前にも、津和野で、そういうことがあったようですから」

「その相手は、男性ですか？」

亀井が、いった。

「たぶん、男性ではないと思います。白石社長は、旅先で男性とすごすのを、楽しまれるタイプの方ではありませんから」

早坂弘子が、微笑みながら、亀井の質問を否定した。

「白石香苗さんが旅行される先を、知っておられたのは、あなただけですか？」

十津川が、きいた。

「いいえ。店の者なら、だれでも知っていたと思います。お客さまのなかにも、知っておられる方は、いらっしゃったと思います」

「えっ？　白石香苗さんは、お客さんにも、旅行について、話されていたのですか？」

十津川は、驚いて、たしかめた。

「二、三の、特別なお客さまとは、親しく、旅の話をされていることもありました」

「その、特別なお客さんとは、どういった方でしょう？　お名前は、分かりますか？」

「みなさん、とても裕福な方々だとは思いますが、そういった特別なお客さまは、ご来店時には、事前にご連絡があり、白石社長が直々に、応対されて、個室へご案内されていましたので、私どもには、詳しくは分かりません」

早坂弘子は、本当に知らないようだった。

そうした富裕層の顧客と、親密なつながりを独占することが、宝石業界での、経営者の「実力」といわれるのかもしれない。

十津川は、質問を変えた。

「四月十三日の朝、萩の海岸で、死体が発見されたあと、何かありませんでしたか？白石香苗さんが亡くなったことに関して、電話がかかってきたり、手紙が届いたり、メールが来たり、そういうことは、ありませんでしたか？」

「私の周りでは、そういうことは、ありませんでした」

と、早坂弘子が、いった。

最後に、十津川は、高木晋作の、顔写真をポケットから取り出して、早坂弘子に、見てもらった。

「この人は、高木晋作という男ですが、彼が、この店に、来たことはありませんか？」

と、十津川が、きいた。

弘子は、その写真を、手に取って、見ていたが、

「残念ですけど、この写真の人には会ったことは、ありませんわ」

と、否定した。

5

十津川は、高木晋作が、女と一緒に逃亡している可能性についても考えていた。

若い男の、一人住まいや、一人旅は、意外に、他人の記憶に残るものだ。

ところが、若いカップルであれば、人々の記憶から消えやすい。ことさらな注意を引きつけない。家族連れも、同じようなものだ。それに対して、一人住まいの若い男は、警戒の目を向けられる傾向がある。

高木晋作について、全国の警察に情報を求めているが、これまでのところ、有望な回答は、もたらされていない
こうなると、女のところに、匿(かくま)われていることも、考慮しなければならなかった。

あの高杉晋作も、政敵の追及から逃れるため、おうのをともなって、潜伏していたといわれる。

もし、高木晋作が、女とともにいるのだとしたら、いつ、どうやって、女を作ったか、ということになる。

二十五歳から二十六歳までの一年間、つまり、府中刑務所に、服役していた時に、

高木晋作が、特定の女を作ったとは、考えにくい。普通の状況で女を見つけたとすると、やはり、去年の、中西博の事件の前ということになるだろう。

高木は、地元山口の、高校を卒業すると上京して、S大に入っている。そのS大での四年間、それから、卒業した後、二十五歳で、中西博の死で、刑務所に入るまでの三年間、この七年間が、いちばん普通に、女性を作れる時期だと思われる。

そこでまず、この七年間について、調べてみることにした。

十津川は、三田村刑事と、北条早苗刑事の二人に、S大の四年間について調べさせた。

その一方、S大を卒業した二十二歳から、最初の殺人に走るまでの三年間、こちらのほうは、西本刑事と、日下刑事の二人に、調べさせることにした。

三田村と北条早苗の二人は、S大の事務局に行き、高木晋作が、在学中どこに住んでいたかを聞き出した。

高木は、在学中、京王線の桜上水にあるマンションに、住んでいた。

七階建ての中古マンションで、二人の刑事は、そこで、管理人に、高木晋作のことをきいた。

六十歳くらいに見える管理人は、あっさりと、

「高木晋作さんなら、S大に入られてから、卒業するまでの四年間、たしかに、このマンションの、五〇二号室に住んでおられましたよ」

と、答えてくれた。

その部屋は、1DKと狭いが、トイレも、バスもついている。学生には、何の不便もない部屋である。

「高木さんは、ここから駅まで、どうやって通っていたんでしょうか？　駅まで歩くとなると、かなりの距離があると思うのですが、歩いていたんですかね？」

三田村が、きいた。

「バイクで通っていらっしゃいましたよ。ええ、たしか、ホンダの百二十五ccのバイクじゃなかったですか。途中で少し大きいものに買い代えて、下の駐輪場に置いてありましたよ」

「毎日の食事なんかは、どうしていたんでしょうかね？　自炊をしていたんでしょうか？」

「たぶん、自炊は、していなかったと思いますよ。ここから歩いて五、六分のところに、コンビニがあるんですよ。そこで、いろいろと買っていたんじゃないかと思いま

すけどね。それに駅の近くには、食堂やラーメン店、日本そばの店もありますから、学校の帰りに、そこで、夕食をすませていると、高木さんから、聞いたことがありますよ」

「その頃の高木さんには、誰か付き合っている、特定の女性がいて、ここに遊びに来ていたようなことは、ありませんでしたか？」

「大学の一年と二年の間は、女性は、見かけませんでしたが、三年になった頃から、若い女性が時々、部屋に、見えていましたよ。何でも、同じ大学に、通っていた女性だそうです」

「その女性を、高木さんは、何と、呼んでいましたか？」

「たしか、サトミさんじゃなかったですかね」

「サトミさんですね？　どんな字を、書くんですか？」

「そこまでは分かりません」

「S大学の、同じ学生ですか？」

「ええ、そうです。この近くのマンションには、S大の学生さんが、たくさん住んでいるんですよ。サトミさんも、その一人だと思いますね」

「どんな女性でしたか？」

早苗が、きいた。

「そうですね。背が高くて、なかなかの美人でしたよ。ただ、なぜか、自分のことを、ボクと呼んでいましたけどね」

管理人が、いった。

二人は、管理人に礼をいうと、S大の事務局に戻って、サトミという名前の、女子学生について、きいてみた。

すると、簡単に分かった。高木と同期生で、同じ時期に、サトミという名前の女子学生が、卒業していた。フルネームは、三橋里美(みつはしさとみ)である。

「高木晋作が住んでいたマンションの管理人さんにきいたところ、彼女は、自分のことを、ボクと呼んでいたそうですが、そういうクセのある学生だったんですか?」

三田村が、きくと、事務局の職員が笑って、

「多分、付き合っていた男子学生のせいじゃ、ありませんか? 刑事さんは、高木晋作という名前を、いわれましたね、たぶん、彼と付き合っていたんですよ。高木は、名前が、晋作とあるように、郷里の英雄高杉晋作の熱烈なファンでしてね。何でも、当時の、高杉晋作や毛利藩の若侍たちは、自分たちのことを、ボクと呼んでいたと、聞いたことがあるのです。その頃は、毛利藩の若侍の間では、自分のことをボクと呼

ぶことがカッコよかったそうですから、おそらく、三橋里美も、それを真似して、自分のことを、ボクと呼んでいたんだと思いますよ」

「三橋里美さんは、大学を卒業した後は、どこかに、就職したんでしょうか？　それとも、結婚したんでしょうか？」

早苗がきくと、それもすぐ事務局で調べてくれた。

「現在は分かりませんが、卒業した後、M商事に、入社していますね」

英語が堪能だったので、それを生かせる仕事がしたいといって、M商事に、入社したのだという。

6

二人の刑事は次に、東京の大手町に本社のあるM商事に回り、そこの人事課長に会って、話を聞いた。

「残念ですが、三橋君は、辞めています」

「退職の理由は、いったい、何ですか？　結婚ですか？」

「分かりません。急に、一身上の都合で、退職したいといって辞表を出し、辞めていったんですよ。入社してまだ四年しか経っていないし、会社でも、期待していたので、考えるようにいったんですが、ダメでした」

「三橋里美さんは、今、何をしているのか分かりませんか？」

「それは、こちらでは分かりません。彼女が退職してすぐ、友人が、訪ねていったそうですが、すでに、どこかに引っ越していたということでした」

「彼女は、英語が、堪能だということでしたが？」

「ええ、高校時代に二年間ほど、アメリカに、住んでいたことがあるそうで、そのせいもあってか、英語が堪能でした。それで、なおさら惜しいと思ったんですけどね」

人事課長が、惜しいという言葉を繰り返した。

「正確にいうと、何年の何月に、辞めたのですか？」

「たしか、今年の四月の一日です。ですから、丸四年間、ウチの会社で、働いていたことになります」

四月十日に、高木晋作が、府中刑務所を出所している。それに合わせて、三橋里美という女性は、Ｍ商事を、辞めたのだろうか？

三田村と北条早苗刑事は、まだ人事課に保管されていた、三橋里美の履歴書を、借り受けた。正面からの顔写真が貼られていて、表情は硬かったが、細面の美人だった。

二人の刑事は、三橋里美がM商事で働いていた時に住んでいたという、京王線の千歳烏山(ちとせからすやま)にあるマンションに、行ってみることにした。

甲州街道に面した、オシャレな感じのする、マンションだった。部屋数は少ないが、どの部屋も、デザインがいいというので人気があり、入居希望者が、いつも待っているといわれているマンションである。

三橋里美は、人事課長がいった通り、すでに、そのマンションから、いなくなっていた。彼女が住んでいたのは、三階の三一一号室、2DKの、部屋である。

「ええ、今年の四月の中頃に、突然、引っ越して、いかれましたよ。それまでに、四年ほど、ここに一人で、住んでいらっしゃったんですけどね」

と、管理人が、いった。

「行き先は、分かりませんか?」

「分かりません。何しろ、何もいわずに突然、引っ越して、いかれましたから」

「三橋里美さんは、どういう人でしたか?」

早苗が、きくと、管理人は、

「お勤め先も、しっかりした会社でしたし、美人で、明るい、礼儀正しいお嬢さんでした。今どきの女の子のような、チャラチャラしたところがなくて、私は好感をもっていました」

「ここに住んでいた四年間で、何か記憶に残るようなことはありましたか？」

北条早苗刑事が、きいた。

「特にはありません。ご近所とのトラブルもありませんでしたし、ウワサにのぼるようなこともありませんでした」

管理人が、人の好さをうかがわせる、おだやかな笑顔を浮かべた。

「三橋里美さんの、引っ越しを請け負った、運送会社は分かりますか？」

三田村刑事が、きいた。

「引っ越しは、ご自分でされました。何というんでしょう、小型トラックくらいの大きさの、全体が家の形をした、中にベッドが置いてあったり、キッチンがある車ですよ」

「キャンピングカーですね！」

北条早苗刑事が、いった。

「そうそう、キャンピングカーでした。その車に、荷物を運び出されました。でも、タンスやテーブル、食器棚、洗濯機、冷蔵庫などの大型の家財は、同じ日にやって来た、便利屋さんに、持って行ってもらったようです」

「三橋里美さんは、それからは、キャンピングカーで生活を？」

「いえ、そんなことはないでしょう。私は、コトブキ引っ越しだと思いましたから」

「コトブキ引っ越し？」

「結婚のことですよ。男性と同居するなら、電気製品や大型の家具は、同じ物が二つあっても、じゃまなだけですから。車を運転してきた、若い男性が、三橋さんの部屋の荷物を、どんどん運び出していました」

「若い男性、ですか？」

北条早苗が、三田村のほうに、鋭い視線を送った。

「三十歳前くらいですか、ニット帽をかぶって、髭の濃い男性でした。色のうすいサングラスもかけていました。ああ、この男性と一緒になるのかな、と思いました」

三田村たちの、緊張した表情にも気づかず、管理人は、一人でうなずいていた。

第六章　美貌(びぼう)の大富豪

1

西本刑事と、日下刑事は、高木晋作の二十二歳から、二十五歳までの三年間を、重点的に、調べていった。

二人が、話を聞きに行ったのは、やはりS大である。

そこで、高木晋作と、同窓生で、現在、東京都内に住んでいる友人の名前を聞き、訪ねていくことにした。

S大の事務局が教えてくれたのは、五人である。

その中の一人、三橋里美は、三田村と北条早苗の二人が、調べているので、残りの四人を追ってみた。

四人のうちの一人、戸田明彦は、父親がやっていた銀座の会員制ワインクラブを、父親が急死したので、継いでいた。

銀座の雑居ビルの最上階、十五階にあるクラブだった。ホステスは、五人いたが、いずれもハーフか、外国人だった。

西本と日下は、戸田に向かって、警察手帳を示してから、

「高木晋作さんのことで、お話を、伺いたいのですよ」

と、切り出すと、戸田が、眉をひそめて、

「高木晋作なら、今、どこにいるのかなんか知りませんよ。彼には、私も、迷惑しているんですから」

「戸田さんは、高木晋作に、お金でも貸されたんですか？」

「それなら、まだいいんですけどね。ウチの店の会員で、二階堂美紗緒という、女性がいるんですよ。大変なお金持ちで、そのうえ、独身で、美人なんですよ」

「その二階堂美紗緒という人が、どうしたのですか？」

「今から、二年ほど前でした。高木が、大学を卒業した後、突然、ここを、訪ねてきたことがあるんですよ。その時、今いった二階堂さんも、たまたま、店に遊びに来ていて、どういうわけか、高木と、息が合ったみたいでしてね。高木のヤツ、彼女と何

回か会っているうちに、去年の、三月でしたかね、人を殺して捕まったじゃありませんか。それから、なぜか二階堂さんも、店に、姿を見せなくなりましてね。彼女が住んでいたのは、六本木の、超高層マンションだったんですが、そのマンションにもいなくなってしまったんですよ」

「二階堂さんと高木晋作は、どの程度、親密だったのでしょうか?」

西本が、きいた。

戸田が、少し考えながら、いった。

「男女の仲、ということはなかったと思いますが、深刻な雰囲気で、小声で話し合っていたことも、何度かありました」

「話の内容は、分かりませんか?」

「分かりません。私は、マネージャー役ですから、あちこちのテーブルを回っていましたし、二階堂さんがいらっしゃるので、高木と二人の時は、ホステスたちも遠慮して、近づかないようにしていましたから」

「二階堂さんが、マンションを引っ越したのは、高木晋作が、事件を起こした直後なのですね?」

「引っ越されたわけではありません。二階堂さんは、何カ所も別荘を所有されていますし、マンションも、複数お持ちです。それまでお住まいだったマンションから、姿を消されたのが、高木の事件の直後だということです」

「高木晋作は、四月の初めに、府中刑務所を出所しましたが、それ以後に、高木がこちらに現れたことは、ありませんか？」

「ありません。ニュースなどで、高木のことを、知っているだけです。まさかと思いますが、二階堂さんは、高木と一緒に、いるんじゃないか？　高木のことを、匿っているんじゃないか？　そんな心配をしているんですが、証拠もないし、二人とも、今、どこにいるのか分からなくて」

「なるほど。そういうわけですか」

西本が、いうと、戸田が、逆に、

「警察も、高木のことを、見つけられなくて、困っているんですか？」

「二階堂美紗緒さんの写真があれば、貸していただけませんか？」

「もちろん、お貸ししますよ。私としては、彼女のことを、一刻も早く、見つけてもらいたいんですよ。心配で仕方がないんです」

戸田は、奥から数枚の写真を、持ってきた。

和服姿のものもあれば、ドレス姿のものもある。二階堂美紗緒は、たしかに美人で、貫禄のある女性だった。年齢は、三十五、六歳か。

「二階堂美紗緒さんというのは、どんな女性ですか？」

写真を見ながら、西本が、きいた。

「お金持ちなんですが、ちょっと、変わっていましてね。危なっかしいことが好きなんです。だから、余計に心配しているんです」

「何か、はっきりした特徴はありませんか？　顔や腕にホクロがあるとか、しゃべり方や仕種にクセがあるとか。持ち物でもけっこうです。高価な時計とか、装身具でも」

「特には、気づかなかったですね。バッグや装身具は、いくつも持っておられるでしょうし。携帯電話の番号は知っていましたが、その時からずっと、つながらない状態です」

西本は、一応、二階堂美紗緒の携帯の番号を聞いて、手帳にひかえた。

「マンションや別荘は、どこにあるのですか？」

日下が、きいた。

「いくつかあるようですが、私が知っているのは、沖縄の石垣島にある別荘だけです。二階堂さんから、高木と二人で、一度、遊びに来ないかと、誘われた時に、別荘の電話番号を、教わりました。先日、そこに電話してみたのですが、留守番電話になっていました」

西本と日下は、視線を合わせた。石垣島と西表島は、ともに沖縄県にある。地理的な位置関係はどうなっているのか。交通の便についてもだ。

二階堂美紗緒の居どころは、彼女の利用している金融機関から、追えるかもしれない。西本は、質問の方向を変えた。

「二階堂さんは、お金持ちだということですが、もしかして、利用している銀行を、ご存じありませんか？」

「たしか、M銀行六本木（ろっぽんぎ）支店の支店長が、二、三度、二階堂さんを、接待していましたけれど、正確かどうかは、自信ありません」

記憶をたどるように、戸田が答えた。

とにかく、M銀行に行って、調べてみれば分かるだろう。

西本と、日下は、戸田と別れると、すぐに、M銀行六本木支店に向かった。

西本が、二階堂美紗緒の名前をいうと、支店長は、二人を、二階にある、小部屋に案内した。

「たしかに、二階堂美紗緒さんは、ウチの大事なお得意さんです。なぜか、最近お見えになりませんが」

「お金を下ろしにも、来ないのですか？」

「それがですね、一億円を現金にされて、今年の四月に、それを持って帰られた後、お見えにならなくなってしまったんです。当方に預金されている百億円余りには、手をつけておられないのですよ。それでかえって、心配で」

支店長が、いった。

「一億円を、現金で持っていった。これは間違いありませんか？」

「間違いありません。一億円といえば、大変な金額なので、いったい、何に、お使いになるのですかとおききしたら、怒られてしまいました。私のお金を、何に使おうと、勝手だ。説明する義務はないと、いわれましてね」

「今、二階堂さんが、どこにいるのか、支店長は、本当に、分からないのですか？」

「ええ、分かりません。六本木のご自宅のマンションにも、何回か、電話をしてみたのですが、通じないし、管理人さんにきいても、全然帰ってこないと、いわれるんですよ。今いったように、百億円の預金を持っていらっしゃるので、変な人に騙（だま）されるようなことがなければいいなと、心配しているんです。もし、二階堂さんと、連絡が取れましたら、すぐにこちらに連絡を下さるよう伝えていただけませんか？」

2

十津川は、四人の刑事から、二人の女に関する報告を聞いた。

高木晋作と同じS大学の同期生で、高校時代にアメリカ留学の経験があり、幕末の長州藩士の真似をして、「ボク」と自称していたという三橋里美。高木晋作の出所直前に、会社を辞め、若い男とキャンピングカーで引っ越していって、現在は所在不明。

一方、潤沢(じゅんたく)な資産があり、沖縄の石垣島にも別荘を所有する、美貌(びぼう)の独身女性の二階堂美紗緒。高木晋作が、事件を起こした直後に、自宅マンションから姿を消し、一年後に高木晋作が出所した、四月初め、一億円の預金を引き出して、こちらも所在不明。

捜査線上に、二人の女性が浮上してきたため、あらためて一連の事件の構図を、組み立て直す必要があった。

十津川は、三上刑事部長に捜査会議を要請(ようせい)し、捜査員全員が、会議室に招集された。

三田村、西本両刑事から、それぞれの聞き込みの結果が報告されたのち、十津川が、口火を切った。

「高木晋作の、大学時代からの交友関係を追ったところ、S大学同期生の三橋里美と、富豪の二階堂美紗緒という、この二人の人物が、高木の行動と、なんらかの関係をもっている可能性が出てきた。協力者と見ていいだろう。みんなの忌憚のない考えを聞きたい」

会議室には、張りつめた空気が漂った。

「じゃあ、私から始めましょうか」

緊張した雰囲気をほぐすように、亀井が名乗りをあげた。

「どうやら高木は、本物の高杉晋作と同じように、行動している、というか、生きているように見えます。高杉晋作には、正妻の雅と、愛妾のおうのという、二人の女性がいました。三橋里美と二階堂美紗緒が、そのどちらに当たるのかは分かりませんが、この二人を隠れ蓑にして、犯行を繰り返しているようです」

「同期の三橋里美と付き合いながら、二階堂美紗緒という、十歳ほど年上の金持ちとも、付き合っている。明らかに、高杉晋作の真似ですよ」

とがめるような口調で、日下が口をはさんだ。

「三橋里美とは、キャンピングカーで、寝泊まりしているのでしょう。移動に便利ですし、ホテルや旅館に泊まる必要がなく、警察の追及からも、逃れやすくなります」

西本がつづいた。

「私も、高木は逃げるのに、この二人の女性を利用しているように思えます」

北条早苗も、みんなに同調した。十津川が、それを制して、

「いや、高木が一方的に、二人の女を利用しているとばかりは、いえないかもしれない。三橋と二階堂も、みずから好んで、事件の渦中に、首を突っ込んでいるように思えるんだ。三橋里美のほうはともかく、二階堂美紗緒は、そうに違いない。中西の事件の前から、高木と二階堂はワインクラブで、深刻な顔をして、よく話し込んでいたというからね」

「高木と二階堂が出会ったのは、二年前でした。何かの拍子(ひょうし)に、高木の両親の交通事故の話が出て、そこに二階堂が不審を抱き、独自に調査をさせた。その結果、ますます疑惑が深まり、それを高木にぶつけた。そう考えていいんでしょうか？」

手帳を確認しながら、亀井がいった。

「だから、高木が一方的に利用しているだけではなく、女のほうも、積極的に関与しているんだ」

「しかし、なぜそこまで二階堂は、赤の他人の高木に、肩入れするんでしょう？　もし警部がおっしゃっているのが事実なら、明らかに、殺人幇助ですよ。彼女自身が、刑務所行きになってしまいます。そんな危険な橋を渡ってまで、何をしようというんですか？」

理解できない、というように、日下がいった。

「動機は、義憤、それに好奇心かな。お金があり余っていて、それにあの美貌だ、男に不自由したとは思えない。あまりに恵まれすぎれば、心が倦んでくるものだよ。そこに〝天誅〟計画が降って湧いた。今の彼女は、充実感を味わっているんじゃないか？」

「そんなものですかね？　お金持ちの考えていることは、よく分からないですね」

日下が、憮然としていった。

「リストの六人は、自分たちは〝現代の奇兵隊〟だと思っていたようですが、三橋里美と二階堂美紗緒も、奇妙な奇兵隊に、入っていたんじゃありませんか？　最初の『高杉晋作顕彰会』は、高木晋作の両親が音頭を取って作った〝現代の奇兵隊〟でしたが、息子の高木晋作のは、男一人、女二人の、変則的な奇兵隊です。ただし、十分な軍費と機動力を備えた奇兵隊です。奇兵隊の『奇』は、今風にいえば、ゲリラでしょうから、ゲリラの精鋭部隊です。女二人が、陰のスポンサーとなって、二つの奇兵隊がぶつかる。高木が、いつ、次の奇兵隊員を殺すか、じっと待っている。そんなふうにも見えてくるんですが」

亀井が、いった。

「これから、どうなっていくんでしょうか？　次の殺人は、いったいどこで、誰を殺すんですかね？」

西本が、十津川にきいた。

「次の犯行現場がどこになるか、まったく、見当がつかない。中西博の時は、東京だった。あの事件では、高木晋作は、初めから殺意を抱いていたわけでは、なかったような気がする。両親の交通事故について、疑わしい点が、あまりに多いので、問いただしに行ったのではないか、と思っている」

「警部は、中西の事件の時、高木には殺意がなかったと、おっしゃるんですか？」

亀井が十津川を見た。

「今は、そうだと思っている。刃物を見て、中西博は、パニックに陥った。目撃者の話では、両手を広げて、高木晋作の動きを、止めようとした、という。あわてて口から出たことばが、交通事故の真相に触れる内容だったのかもしれない。中西本人も、口をすべらしたことに気づき、うろたえて後退した勢いで、柵を越えて、墜落死した」

「中西が墜ちた、雑居ビルの屋上の柵は、低かったですからね。古いビルでしたし、もともと、一般の人が、屋上に出るようには、できていませんでしたから」

亀井も何度か、その現場検証に立ち会っていた。

「その時点で、高木晋作は、両親が謀殺されたと、確信したに違いない。逮捕された高木は、一貫して、両親の交通事故死とは無関係だと供述したが、それは次の復讐を、心の中に誓っていたからだと思う」

「津和野にいた白石香苗の死体が、萩の菊ヶ浜で発見されたのは、どういうわけでしょう？」

今度は、白石香苗の事件について、北条早苗が、十津川にきいた。

「リストのメンバーたちへの、メッセージだよ。津和野で殺害して、萩に運び、遺棄した。この殺人は、奇兵隊と関係の深い萩で行われたのだぞ、という復讐宣言だ。わざわざ、津和野から萩まで、死体を運んだ意味は、それだと思う」

「殺害日時は、高木晋作が府中刑務所を出所した、二日後です。高木は、どうやって彼女が津和野にいることを、知ったのでしょう？」

以前から、十津川も気になっていた点だった。だがここにきて、二階堂美紗緒と三橋里美という、高木晋作の協力者が、浮かんできたため、疑問点が少しずつ埋められるようになってきた。

「手引きしたのは、二階堂美紗緒だろう。金の力にものをいわせて、私立探偵を雇って、人捜しができる。白石宝石店を突き止めた二階堂美紗緒は、上得意客となって、白石香苗に近づき、津和野で会うことを約束した。そして四月十二日、チェックインしたばかりの水明館から、彼女をおびき出し、高木晋作に引き渡した。もしかしたら、去年の十月、白石香苗が津和野で会うことになっていた人物も、二階堂だったかもしれない」

「一年前に、中西博が、死に追い込まれました。当然、そのことは白石香苗も知っていました。一時期、ふさいでいたことがあったと、早坂マネージャーも話しています。にもかかわらず、彼女はのんびりと、萩などに、旅行しています。油断していた、とも思えませんが……」

再び、北条早苗が、疑問を口にした。

「その点は、まだはっきりとした説明はできないが、出所の期日を間違えたのかもしれない。未決勾留の期間を、見落として、もう少し先だと勘違いしていたとか……。それに、毎日生活している東京じゃない、旅先だ。簡単には居場所は特定できないだろうと、考えても不思議じゃない。まして、富豪の女性と一緒に過ごすことになっていたとしたら、警戒心もゆるむだろう」

十津川の推理を、刑事たちは、静かにきき入っている。

日下がいった。

「その次の現場は、西表島近くの、無人島でした」

「三浦良介の溺死も、高木晋作の犯行に、間違いないだろう。二階堂美紗緒の、石垣島の別荘に潜伏して、機会をうかがい、殺害したんだ」

そこで三上が、十津川の意見を求めた。

「ここ三年ほど、毎年一月、三浦良介の郵便口座あてに、百五十万円が振り込まれている。振込人の名前は偽名、若い女としか分かっていない。だれが、どういった理由で、三浦に送金していたのか、君はどのように考えているんだ？」

「三浦への送金が始まった時期は、三年以上も前です。二階堂美紗緒が高木と初めて出会ったのは二年前だと、ワインクラブのオーナーの証言がありますから、それ以前に、送金するはずがありません。ですから彼女は、送金には無関係です」

「二階堂でないなら、あとは誰だ？」

「偽名での振り込みということは、何か隠さねばならない、事情があった。その隠したいこととは、やはり七年前の、交通事故に行き着きます。三浦良介こそが、高木の両親を事故死させた、実行犯だった。そして、リストの残りの五人が、毎年、出し合ったのが、百五十万円。一人当たり三十万円を集めて、三浦に送金したのです」

「つまり、高木の両親の事故については、六人全員が共犯だったと、君はいうのかね？」

「そう考えるのが、自然だと思います」

「もうひとつ。三浦良介の居どころも、やはり二階堂美紗緒が、人を雇って、突き止めさせたのかね？」

「いえ、違うと考えています。三浦良介は、世捨て人のような生活を送っていました。中西博や白石香苗のように、堂々と商売をしていたのなら、二階堂美紗緒の金の力で、所在を突き止めることもできたでしょう。しかし、無人島で一人暮らす三浦良介を、探し出すのはきわめて困難です。にもかかわらず、高木晋作は、三浦良介の居どころに、たどり着いています」

「警部は、リストのメンバーのだれかが裏切って、三浦良介の居どころを、高木晋作に教えた、と考えていらっしゃるんでしょう？」

亀井が、十津川の考えを、代弁した。

「たぶん、そうだと思っています。仁科夫妻か原田孝三郎のどちらかが、裏切り者ということになりますが」

「では、三橋里美は、どんな役目を務めているのでしょう?」

北条早苗が、十津川にきいた。

「高木晋作の、身の周りの世話をしているのだろう。キャンピングカーで、高木晋作の移動も、手伝っている。それに何よりも、世間からのカモフラージュ役をしている。若いカップルで日本一周、といったことで、怪しまれるのを防いでいるんだろう」

「高木晋作と三橋里美、それに二階堂美紗緒。この三人が、いったい、どうつながっているのかは、分かりませんが、三人がうまく連絡を取り合っているとしたら、二階堂がターゲットを見つけ出して、それを高木たちに知らせる役目ですね。警部、これから、いったいどうしますか?」

これ以降の捜査方針を示すよう、亀井が十津川に促した。

「今のところ、残りの三人が、警察に助けを求めてくるとは、思えませんね」

と、日下が、いった。

「そうだな。助けを求めてくるとは、まず思えない」

「そうなると、われわれ警察よりも先に、この女性二人プラス高木晋作の三人のほうが、次の、犠牲者を見つけ出してしまうかもしれませんね」

と、亀井が、いった。

「それは分からないが、われわれと競争になることだけは間違いない」

と、十津川は、いった。

「われわれは、その競争に勝たなければ、いけないんだ」

3

十津川が、急に、亀井刑事を手招きした。亀井が、そばに行くと、十津川は、朝刊の片隅（かたすみ）に載っている広告を指差しながら、

「これを読んで感想を聞かせてくれ」

と、いった。

「原田観光、来週から水上バスと水上タクシーを使って、東京観光の新しい事業を

開始」

小さいが、水上バスの写真も載っている。

亀井には、十津川が感想を聞きたいといった意味がすぐには、分からなかったが、写真を見ているうちに、アッと思った。

「警部は、もしかして、この原田観光というのが、例のリストにある原田孝三郎と関係があると思っていらっしゃるんですか？」

「そうだよ。たしか、リストの中の原田孝三郎は、旅行会社をやっていると、書いてあったんじゃないかね？」

「しかし、原田孝三郎も、高木晋作に、命を狙われているわけでしょう？　それなのに、わざわざ、こんな広告を出すでしょうか？」

と、亀井が、いった。

「しかし、万が一ということもあるからね。カメさん、これから、この原田観光に行ってみないか」

十津川が、亀井を誘った。

二人が向かったのは、隅田公園だった。隅田公園の隣に川面(かわも)に向かって緩(ゆる)い斜面が作られている。そして、奥には駐車場が作られ、新聞の広告に載っていた水上バスと水上タクシーが停められていた。

その駐車場の中に、プレハブの事務所が作られていた。看板には、「いよいよ水上から東京観光ができます」と、書いてある。

営業は明日からということで、事務所の中には三人の職員がいて、忙しそうに、働いていた。

三人の中の一人が、この原田観光の社長だった。

十津川は、警察手帳を示してから、

「失礼ですが、原田孝三郎さんじゃありませんか？」

と、きくと、相手は、ニッコリと笑ってうなずいて、

「ええ、そうです。社長の原田孝三郎です」

と、いって、真新しい名刺を、十津川たちに渡した。

原田は、二人の社員に、

「もう一度、バスとタクシーを、点検してきてくれ」

と、いって、外に追い出してから、十津川に向かって、

「刑事さんのご用というのは、やはり、高木晋作さんのことでしょうね？」

原田は、いやに冷静な、他人事のような口調で、いった。

「念のために、おききしますが、原田さんは、今までに、中西博さん、白石香苗さん、そして、三浦良介さんと、この三人が次々に、亡くなったことは、もちろん、ご存じなんですよね？」

十津川が、きいた。

「もちろん。新聞やテレビで報道していましたから」

「犯人が、高木晋作であることも、分かっていらっしゃるんでしょう？」

「ええ、そのように報道されていることは、知っています」

「われわれは、犯人は高木晋作だと考えているんですが、彼が、どうして、あなたたちを、殺そうとしているのか、その理由が、はっきりしないんですよ。それで、ぜひ、あなたから本当のことをお聞きしたいと、思って、伺ったんです」

十津川が、いうと、原田は、急に立ち上がって、

「どうです？　水上タクシーに、乗ってみませんか？」

と、誘った。

十津川は、ここでは、話しにくいのかと思い、勧められるままに、水上タクシーに、乗ることにした。

事務所を出る。

近くで見ると、水上タクシーは、意外に、大きな車だった。

「軍用自動車のように見えますね」

亀井が、いうと、原田は、うなずいて、

「実はこの車、もともとは、スウェーデンが軍用に、作ったものなんです。それを日本でライセンス製造しています」

と、いった。

中に乗り込む。

一見、普通の車のように運転席、助手席、そして、リアシートがあった。

「定員は六名ですから、お客さんは、最大で四名まで乗れることになっています」

説明しながら、原田が、エンジンのスイッチを入れた。

車は、ゆっくりと、スタートした。

4

川に向かって作られたゆるい斜面を、車は、時速三十キロくらいで、進んでいく。

水しぶきとともに、川に入ったとたんに、原田が切り替えスイッチを入れ、スクリューが回り始めた。

四角い車体なので、波を蹴立（けた）てて進むという感じはなく、波を押しのけて、進むというかっこうである。それでも、体に感じるスピードは、かなりのものだった。

「これから東京湾に出ます」

説明しながら、原田が、ハンドルを回した。

大きな橋に近づくと、橋の上から、珍しそうに、こちらの水上タクシーを、カメラで狙っている人間がいる。携帯電話を向けて、写真を撮っている見物人もいる。

「さっきの話ですが、今回の事件の動機は、いったい、何なんですか？」

十津川が、きくと、原田は、それには答えず、逆に、

「刑事さんにも、だいたいの想像は、ついているんでしょう？」

「七年前に、山口で高木の両親が、交通事故を起こして死んでいますよね？　われわれは、そのことと関係があるのではないかと、思っていますがね。どう関係しているのかが、分からないのです」

「八年前、高木晋作の父親は山口で、市議会の議員をやっていましてね。高杉晋作のマニアで、晋作のファンを集めて〝現代の奇兵隊〟を作ったんですよ。理事は全員で

八人。もちろん、高木晋作の父親が理事長です」

「そのグループは、どんなことをやっていたんですか？」

「会員を募って、会報を出したり、高木さんが、市議会の議員だったので、市の催し物の中で、高杉晋作祭りなどをやる時には、それに、参加したりしていましたね。そのうちに、高木さんが、自分たちだけで、記念館を作ろうと、いい出しましてね。でも、すでに、高杉晋作の記念館は、あるんです。それに、新たに記念館を作るとなると、われわれ理事にも、金銭的な負担が、かかってくるんですよ。それで、二番煎じの記念館を、作ったって仕方ないじゃないかと、一斉に、反対したんです。それなのに、高木さんという人は、かなり強引な人でしてね。私たち理事には黙って、勝手に法人の名前で、銀行から、金を借りてしまったんですよ」

「どのくらいの融資を受けたのですか？」

「さしあたって、記念館を、建てるための土地を手に入れるというので、五千万円借りました。そして、われわれが反対しているのに、高木さんは、その資金で、勝手に、土地を購入してしまったんです。政治活動にも流用したんじゃないか、と思われるフシもありました。その後、当然、銀行のほうから、返済を要求してきましてね。それで、モメにモメてしまったんですよ。高木さんは、黙って何をやってるか分からない、という者もありました。記念館だって、土地は購入したけれども、建物を造ったり、晋作の遺品を購入して展示するのにも、大変な、お金がかかりますからね。それで、ケンカになってしまったんですよ」

はたして金銭問題のもつれだけだったのか、それは今後の捜査で、明らかになっていくだろう。少なくとも、殺意をはらむだけの確執が生まれたのだ。

「それで、その後、どうしたんですか？」

「七年前に、あの交通事故が起きて、高木夫妻が、死んでしまい、組織も解散しました」

「遠慮なくおききしますが、高木夫妻を殺したのは、理事の皆さんですか？」

「いや、違いますよ。でも高木晋作さんは、そう信じているんでしょうね」

「本当に、理事の皆さんが示し合わせて、高木晋作の両親を、交通事故に見せかけて、殺したんじゃないんですか？」

「違いますよ。少なくとも、私はやっていませんよ」

「それだったら、高木晋作に会って、そのことを、説明しようとは、思わなかったんですか？」

「いったい、どうやったら、いいんですか？　彼の居どころだって分からないし、彼が、携帯電話を持っていたとしても、その番号だって、分かりませんからね。彼と会えなければ、説明したくても、できませんよ」

「原田観光では、明日から、この水上タクシーや水上バスを、運行するんでしょう？原田さんは、これまでにもずっと、観光会社をやっていたんですか？」

「そうですよ。私には、他に何もできませんからね」

「どこでやっていたのですか？」

「今までは、池袋です。池袋西口でやっていました。雑居ビルの片隅ですが」

「今と同じように原田観光という名前ですか？」

「そうです」

「本名でやっていて、よく、怖くありませんでしたね」

「もし、高木晋作さんが、現れたら、私は、七年前の交通事故とは、何の関係もない。そういって、説得するつもりなんですけどね。まだ現れませんね」

原田は、なぜか笑って見せた。

5

翌日、隅田川の河口近くで若い女性の水死体が発見された。水死体の身元は、すぐ分かった。

三橋里美、二十六歳である。

三橋里美は、高木晋作と同じS大の同期生であり、十津川たちは、M商事の人事課から、彼女の顔写真を借り受けていたからである。

三上刑事部長を本部長とする、捜査本部が設置された。

水死体が浮かんでいたのが、隅田川の河口ということが、十津川には、どうしても、引っかかった。昨日会ったばかりの、原田孝三郎のことがあったからである。

水死体が見つかったところは、隅田川の河口付近だった。もし、そのまま見つからなければ、東京湾に、流れ出てしまっていたに違いない。

十津川たちは、死体が発見された河口付近を、入念に調べてみた。

死因は、溺死と断定された。司法解剖をしてみると、肺の中から隅田川の水と同じ成分の水が、見つかったからである。

死亡推定時刻は、昨夜の十時から十一時の間。アルコールや睡眠薬を飲んだ形跡はないから、明らかに力ずくで、溺死させられたとしか、思えなかった。

「死体が発見された場所から考えると、どうしても、原田孝三郎が引っかかってきますね」

亀井も、いった。

「その点は、同感だ。私もさっきからそのことを、考えていたんだ。水上タクシーを隅田川に、滑り込ませるための斜面が、作ってあったじゃないか？　あの斜面の、途中から、隅田川の水が、来ている。被害者をそこで、水に押しつければ、溺死体が出来上がる。そうしておいてから、隅田川に死体を流したのかもしれないな」

「しかし、ただ流しても、岸にへばりついてしまうんじゃありませんか」

「そうだな。そうすると、あの水上タクシーで、隅田川のまん中まで運んで行って、死体を流したのかもしれないな」

「私も同じように考えました。それをできるのは、あの男しかいないじゃありませんか？　やはり、この殺しの犯人は、原田孝三郎ですよ。間違いありませんね」

強い口調で、亀井が、いった。

二人は、司法解剖の報告書を持って、もう一度、原田孝三郎を訪ねていった。

事務所には二人の社員の姿はなく、なぜか原田が一人でいた。水上バスは、出発したのか姿はなく、水上タクシーだけがあった。

「やっぱりいらっしゃいましたね。そろそろ、刑事さんが、お見えになる頃だと、思っていました」

十津川が口を開く前に、原田が、先にいった。

「この近くで、溺死体で発見された、三橋里美さんについて、以前から、ご存じでしたか？」

十津川が、単刀直入に聞いた。

「ええ、知っていました。しかし、まさか隅田川で亡くなるとは。三橋さんは、たしか高木晋作さんと、同じ大学に通っていらしたとか。美人のお嬢さんでした」

「どこで、知り合われたのですか？」

「九月の中頃でしたかね。突然、彼女が池袋の事務所に、訪ねてきたんですよ。それまで、彼女には会ったことはありませんでした。なぜか向こうは、私のことを、よく知っていましてね。高木晋作さんと連絡を取りたいんだが、どうしても連絡がつかない。もし、彼と連絡を取る方法を知っていたら、教えてください。彼女は、そう、いってきたんです」

「それで、どう答えたんですか？　連絡先を教えたんですか？」

「私も、何とかして、彼と連絡を取りたいと思っているんだが、今どこにいるのかも、知らないし、どうしたらいいのかこちらが教えてもらいたいくらいだと、返事をしました」

「それで？」

「その時に、彼女のほうから、里美という名前と、携帯の番号を教えられたんですよ。もし、高木さんの、居どころなり、連絡する方法が分かったら、すぐに教えてくれといわれました」

「彼女が、こちらの事務所に、来たことはなかったんですか？」

「ありませんね」

「しかし、今日から水上バスや水上タクシーを始めるということは、新聞に広告が、出ていましたね？」

「ええ」

「それでも、高木晋作から、連絡はありませんか？」

「ありません」

「しかし、高木晋作と付き合っている女性がいることは、知っていたんですね？」

「高木晋作という人は、父親に、晋作という名前を、付けられたせいか、やたらに、高杉晋作の真似をする人なんですよ。だから、逃走中でも、女性の一人や二人は、絶対にいるだろうとは、思っていました。高杉晋作本人もそうでしたから。ですから、彼女が池袋の事務所を訪ねてきた時も、そんなに、ビックリはしなかったんですよ。やっぱり、いたのかと、思ったぐらいですから」

「その時に、どんな話をしたのか、詳しく教えてもらえませんか？」

十津川が、いった。

「私も、高木晋作さんの消息を、ぜひ知りたかったので、彼女に、あれこれききました。最初にきいたのは、どうして、私のことを、知っていたのかと、いうことでした。彼女は、高木さんに例のリストを見せられたことがあるといっていましたね。高木さんが服役する前だったようですが」

「本当に、リストを、見せられたと、彼女は、いったんですか？」

「ええ、そういいましたね。もちろん、友人たちだといわれたといっていました」

「しかし、原田さんを訪ねてきた時点では、リストの中の三人、中西博、白石香苗、そして、三浦良介、この三人が殺されたことも、知っていたということになりますね？」

「ええ、そうですね。それで、きいてみたんです。この三人を、彼が殺したと思うかどうか」

「彼女は、何と、答えたんですか？」

「ひょっとすると、彼が、殺したのかもしれないとは思ったが、信じたくはない。ほかに、犯人がいるんじゃないかと、彼女は、いっていましたね」

「ほかに、どんなことを、話したんですか？」

「いつ頃、高木さんと一緒にいたのかを、ききました」

「そうしたら？」

「今年の四月十日に、彼が府中刑務所から出所したあと、すぐに一緒に暮らすことになっていたようです。けれど、高木晋作さんが、三橋さんの前に現れたのは、出所後、一週間ほどたってからだったそうです」

「つまり、高木晋作は、出所後の数日間、行方が分からず、四月十七日頃になってから、はじめて三橋里美さんの住まいに現れたと？」

「そういうことでしょう。それからは、ずっと一緒だったようです。ところが、九月の十日頃、高木さんが、突然、姿を消したというのです」

高木晋作は、府中刑務所から出所した四月十日から、十七日までの間、三橋里美の前には現れなかった。

　白石香苗が殺されたのは、ちょうどその間の、四月十二日の深夜だ。しかも、四月十日と十五日には、高木家の菩提寺である専佑寺に、墓参りをした形跡がある。

　そして、突然、行方をくらましたという九月十日の直後の、九月十四日に、今度は、三浦良介が、西表島近くの無人島で、溺死している。その限りでは、原田の話に矛盾はない。

「三橋里美さんは、ニュースで、白石香苗殺害も、三浦良介の溺死も知った。とすると、高木晋作が三橋さんに見せたメモに載っている、六人のうちの二人だと、当然、気づいたはずです」

　十津川は、疑問を口にした。

「ええ、そのようにいっていました。山口県の萩で、女性が殺された、という記事を読んだ。たしか、彼が見せてくれたリストの中にあった名前だったことに、気がついたが、まだ確信は持てず、高木さんには、問い質すことができなかった。けれど、今度は、三浦良介さんの事件を知って、すぐに、高木さんと、連絡をとろうとしたが、携帯電話は、つながらなかったそうです」

「ということは、三橋里美さんは、九月の十日頃に、高木晋作が、姿を消してからは、全く会っていないのですね？」

「ええ、全く会っていない、といっていましたね。彼のことが心配で、誰にきいたらいいかを考えていたら、私が、池袋で観光会社をやっていることを知った。私は、名前を隠さずに、仕事をやっていましたからね。リストのいちばん最後に書いてあった名前と、同じだったので、もしかしたらと思って、池袋の事務所を訪ねた。そういっていましたね」

「四月から九月までの半年たらず、二人はどこにいたのですか？」

と、十津川がきいた。

「ずっと、キャンピングカーで、生活していたようです。もともと、高木さんは、フリーの旅行レポーターでしたし、しばらくはキャンピングカーで、自由にあちこちに行ってみたいと、三橋さんにいったそうです」

やはり、十津川たちの推測は、あたっていた。

「高木晋作が持っていたリストに、六人の名前が書いてあった。しかし、今回亡くなった、三橋里美さんは、リストの中に入っていなかった。そうすると、今回の事件は、高木晋作とはかかわりがうすいと、考えてしまうのですが、原田さんは、どう、考えますか？」

亀井が、きいた。

「そうですね。たしかに、例のリストの中には、彼女の名前は、載っていません。私たちは、山口で、会員制の奇兵隊を作ったのですが、その中にも、三橋里美さんは、いませんでした。だとすると、高木さんが、一年の刑期を終えて、出所した後で、彼女と同棲（どうせい）することになったというのは、信じてもいいかもしれませんね。そうなると、高木さんが彼女を殺したとは、思えなくなる。ただ、男女の仲というのは、他人には、分かりませんからね。全く別の理由で、高木さんが、殺したのかもしれませ ん」

6

「もう一人、高木晋作と、関係があったと思える女性がいるんです。名前は、二階堂美紗緒。銀座のワインクラブの会員で、大富豪です。年齢は三十五、六歳だといいます」

十津川は、そのワインクラブのオーナーである戸田明彦から貸してもらった、数枚のスナップ写真を、原田に見せた。

原田の表情に、変化はなかった。

「この女性は、どういった経歴の方なんですか？」

「詳しいことは、分かっていません。危なっかしいことが好きで、二年ほど前に、ワインクラブで高木晋作と知り合い、意気投合したそうです。そして、高木晋作が服役した直後から、彼女はワインクラブにも顔を見せなくなり、住んでいたマンションから姿を消しています。電話もつながりません。複数の別荘を所有しており、そのいずれかにいるのかもしれません。今も、銀行に、百億円余りの預金が残っているということです。彼女は、一億円だけ、預金を下ろしたのち、消息が知れません」

「百億円の預金があって、現金を、一億円も持って行方不明に、なっているんですか。面白い女性ですね」

原田がいう。

「今、高木晋作は、この二階堂美紗緒という女性と一緒にいると思いますか？」

「分かりませんが、現金を、一億円持っていて、ほかにも、百億円の預金がある。それだけの大金があれば、何でも、夢が叶いますね」

「夢ですか？」

「昨日話したように、高木さんの父親は、『高杉晋作顕彰会』を作り、山口に、奇兵隊の記念館を作ろうとして、勝手に銀行から、五千万円もの金を借りて、土地の手配をしたんですよ。もし、高木さんが父親の遺志をついで立派な記念館を作ろうと思ったら、いくらでも、金が要る。そう考えているとしたら、この女性は、頼もしい存在なんじゃありませんか？ 百億円もの預金を持っているんだから」

「なるほど。そういう見方も、あるかもしれませんね」

十津川は、慎重にいったが、原田のほうは、一人で勝手に、どんどん話を進めていく。十津川は、彼の話をさえぎって、

「それで、高木晋作は、二人の女性のうち、金持ちの二階堂美紗緒という女性を、選んだということですか？ 同期生で、同棲までしていた三橋里美さんを捨ててしまったということですか？」

「もう一度、おうかがいしますが、原田さんは、高木晋作が三橋里美を殺したと思いますか？」

と、亀井も、きいた。

「その点は、私には分かりませんね。簡単に考えてしまえば、たしかに、高木さんに女性が二人いて、資産家のほうを取り、邪魔になった同期生の女性のほうを、思い余って殺してしまった。そういうことになるんでしょうが、そう簡単に、考えていいのかどうか」

原田は、自分で、いっておきながら、盛んに首を傾げている。

「高木晋作に会ったことは、あるんですか？」

「ええ、一度だけですが、会ったことがありますよ」

「それは、いつですか？」

「七年前に、高木さんの両親が、突然亡くなってしまい、その頃、東京の学校に行っていた高木晋作さんが、山口に、帰ってきましてね。彼が喪主になって、両親の葬儀をやったんです。私たちも、同じ奇兵隊の会員ということで、葬儀に参列したのですが、その時に、高木晋作さんに会っているんです」

「その時、どんなことを、話したんですか？」

「その時、私たち会員、六人全員が参列したのです。とにかく、私たちは、高木さんのお父さんが作った奇兵隊の会員でしたからね。喪主を務めた高木さんを囲んで、亡くなった市議会議員のお父さんについて、思い出話を、しました」

「本当に、その時、六人全員が集まったんですか？」

「ええ、集まりましたよ」

「原田さんは、その会員の中に、高木晋作の両親を殺した犯人がいると、思っていますか？」

「何ともいえませんね。ただ、とにかく、高木さんは、六人の中に犯人がいると、固く信じている。いや、六人全員を疑っている。そのことだけは、間違いないと、思うんですよ。だからこそ、三人もの人間を、殺してしまっているのです」

「七年前のその時にほかに、どんなことが話し合われたんですか？」

「たしか、会員の、仁科さんだったですかね。こんな時に、こんなことはいいたくはないが、亡くなったあなたのお父さんは、自分たち六人の名前を使って、銀行から五千万円を借用して、記念館用の土地を、勝手に買ってしまった。その借金が、丸々残ってしまっているので、われわれが、銀行に返済しなければならなくなった。息子さんのあなたが、返済してくれませんかといって、高木晋作さんに、詰め寄ったのを覚えていますよ」

「葬儀の席上で、そんなことを、いったんですか？」

「正確にいえば、葬儀の席上では、ありません。葬儀が終わった後です。しかし、それでも、私なんかは、ハッとしましたね。何しろ、そんな時に金の催促をしているんですからね。高木晋作さんが、怒り出すのではないかと、心配したんですが、高木さんは怒らないで、父親のやったことは、息子である自分の責任だから、その五千万円については、何とかして、返済することにしますと、答えていましたね」

「その借金は、実際に、返済されているんですか？」

「きちんと、調べたわけじゃありませんが、おそらく、返したんじゃないですかね。そう思いますよ」

「どうして、そう、思うのですか？」

「私なんか、一円も返していないのに、銀行から督促状が、来ませんからね。それに、記念館を作る場所として、五千万円で高木さんの両親が買った土地ですが、それもすでに、売られてしまっていますから、高木晋作さんは、私たちに約束した通り、父親の借金は返済したんじゃありませんか？」

「それなのに、高木晋作は、殺人を続けている？」

「そういうことになりますね。葬儀の時に、五千万円の借金を、返してくれといわれて、カッとしたのかもしれませんね。その上、両親を、交通事故に見せかけて殺したのは、会員の六人だと、思い込んでいるようですからね」

「昨夜は、この事務所に泊まられたんですか？」

と、亀井が、きいた。

「いや、池袋のマンションに帰っていました」

「そうすると、昨夜、例の、水上タクシーを、誰かが、動かしたとしても、分かりませんね？」

「かもしれません」

「キーは、いつも、あなたが、持っているんですか？」

「キーは、二つあります。一つは、いつも私が持っていますが、もう一つは、事務所のロッカーに、保管してあります。乗ってみたいという人が、訪ねてくるので、その時は、うちの社員が事務所のキーを使っています」

「水上タクシーの運転は、簡単ですか？　誰でもできますか？」

「ハンドルがついていて、それで、陸上でも水上でも、方向転換ができるようになっています。そんなに、難しくはないと思いますよ。ただし、車の運転免許と、船の免許が必要です」

と、原田が、いった。

「念を押しますが、素人でも、運転できますか？」

十津川が、きいた。

「ええ、十分できますよ。車の中に、切り替えスイッチがありますからね。水に入った瞬間、その切り替えスイッチを入れれば、すぐにスクリューが回り出して、水の中でも、前進します」

第七章　終着駅

1

西本刑事が、報告した。

「やはり、原田孝三郎は、ウソをついていました」

「どんなウソだ？」

と、十津川が、きく。

「水上バスと、水上タクシーをやる前に、池袋で、原田観光という会社をやっていた。そこへ、三橋里美が訪問してきたと、原田は、われわれに、話していましたが、原田観光という会社は、当時、どこにもありませんでした」

「前からなかったのか？」

「そうです。新聞に、水上バスと水上タクシーによる観光を始めたという広告が、載ったでしょう？　原田観光という名前を公（おおやけ）にしたのは、あの少し前です。それまでは新東京観光という社名でした」

「原田観光の会社登記はいつだ？」

「登記は十月一日付です。資本金は、五千万円となっています」

「以前の新東京観光は、そんなに儲（もう）かっていたのかね？」

「近隣の同業者の話では、ごく地味な会社だったということで、主に、大手の下請（したう）けをやっていたようです」

「その地味な下請け観光会社が、資本金五千万円の会社に、急成長した、というわけだ」

「いくら、池袋で観光会社を経営していたとはいえ、いったん清算したとしても、今回の原田観光とは、規模が違いすぎる気がします」

「カメさん、君はどう思う？」

十津川が、亀井の意見を聞いた。

「警部、原田にはスポンサーがいますよ。そうでなければ、こんなに急に、会社の規模を大きくするのは無理です」

「じゃあスポンサーは、だれだと思う？」

十津川の表情を読み取って、亀井がうなずいた。

「ええ、二階堂美紗緒ですね。そして大枚（たいまい）の金額は、原田がもたらした情報への報酬（ほうしゅう）でしょう」

「どういった経緯があったのかは、分からないが、ともかく高木と原田は接触した」

「観光会社の業界なんて、狭いものですからね。二階堂美紗緒の金の力で、案外、たやすく原田を見つけたのかもしれません」

「高木が原田の居どころを突き止め、殺害しようと現れた。それに対して、原田は交換条件を出した。残りの三人と連絡をとり、それぞれの逃避先を高木に教える。それを交換条件に、原田は身の安全を約束させ、さらに事業拡大の資金も獲得した」

「高木は、それで納得したのでしょうか？　仇（かたき）の一人だけを赦（ゆる）すなんて、私にはできませんが……」

撫然（ぶぜん）とした表情で、西本が、いった。

「高木はいつだって、原田を狙えるよ。とりあえずの休戦といったところだろう。もっとも、原田にしたって、自分の置かれている立場は承知している。高木に殺（や）られないための防禦策（ぼうぎょさく）は講じているだろうが」

「呉越同舟というやつですね」

亀井がいった。

「三浦良介が溺死したのは、九月十四日だ。原田の情報に基づいて、高木が三浦を追い詰め、溺死に見せかけて殺害した。そして二階堂から、原田に報酬が支払われた。会社登記が十月一日。時期は合うね。裏切り者が原田なら、あと残っているのは、仁科修三と亜矢子の夫婦だけになったわけか？」

「これでますます、仁科夫妻は、危なくなってきました。仁科夫妻は、仲間の原田孝三郎が、自分たちのことを裏切っているとは思ってもいないでしょうからね。新聞の広告を見て、仁科夫妻は、原田観光に連絡を取ってくるはずです。仲間意識があるでしょうから。それを、原田が高木晋作に教えれば、間違いなく、仁科夫妻が危なくなってきます」

亀井が、いった。

十津川は、原田の周辺の情報を集めるよう、刑事たちに指示を出した。

二日後、西本と日下の両刑事が、原田観光の水上バスと水上タクシーの製作を依頼された、名古屋の自動車会社を突き止めてきた。

現在、原田観光には、水上バスと水上タクシーが、それぞれ一台しかない。そのため、さらに一台ずつ、合計二台を、日本でライセンス製造している自動車会社に、発注したというのである。

十津川は、その名古屋の自動車会社に電話して、それが事実かどうか、確認した。

「たしかに、原田観光さんから、注文を受けました。特別な車なので、受注生産ということになります」

電話の向こうの相手がいった。

「最初に、原田観光から話があったのは、いつですか？」

「九月の下旬だったと思います。原田社長がたずねてこられて、水上バスとタクシーの仕様などを確かめておられました。正式な発注は、それからすぐでした」

「受注生産ということなら、前金で支払われたと思いますが、原田観光は、いくら払ったんですか？」

「初めてのお付き合いでもあり、前金で半額いただきました。水上バスが千二百万円、水上タクシーが五百万円、その半額ですから、八百五十万円です。納品時に、残金もいただいています」

「今回の新たな発注でも、前金は支払われたわけですね？」

「ええ、送金を確認しましたので、製造にとりかかっています」

「原田社長とは、ほかに何か、話されましたか？」

「原田社長は、新たな事業が順調に伸びたら、水上バスをあと五台、水上タクシーをあと十台、追加注文してくださるそうですから、こちらとしても、期待をしているんですよ。原田社長という人は、事業に意欲的な人ですよ」

景気がいいとはいえない経済情勢下で、原田観光からの発注に、大きな期待を抱いているのがわかった。

受話器を置いた十津川は、亀井に向かっていった。

「原田孝三郎が、最初に水上バスと水上タクシーの発注をしたのは、九月末から十月初めだった。合計で千七百万円支払ったらしい。そして今回も、同額の発注らしい。さらに発注したいとも、いっているようだ」

「強気で事業を拡大できるのは、やはり二階堂美紗緒からの報酬があるからですね。残された問題は、三橋里美の溺死です。殺害されたのは間違いないでしょう。例のリストには載っていない、初めての死者です。三橋里美と二階堂美紗緒の関係、あるいは、三橋里美と原田孝三郎の関係がどうなっていたのか……」

「少なくとも、七年前の、高木の両親の交通事故と、二人の女は関係がない。高木晋作をはさんで、いわゆる三角関係だったとしたら、何か、争いがあったかもしれない。それとも、三橋里美が、一連の犯行の証拠をつかみ、放っておくと危なくなると思って、高木晋作か、原田孝三郎が、殺してしまったということも、十分に考えられる」

「原田孝三郎が、三橋里美殺害の、第一の容疑者ですよ。高木に、三橋里美は殺せないでしょう」

「カメさんもいっているように、原田が犯行にかかわっていたと仮定すると、水上タクシーを使って、死体を隅田川に捨てるのも、容易だったはずだ。しかし、殺人犯となれば、興（おこ）したばかりの会社も失うことになる」

「高木は、三橋に犯行を知られても、困ることはありません。しかし原田は、高木に情報を流していたことが知れれば、殺人の共犯であり、逮捕されて、すべてを失います」

「三橋里美が生きていたら、会社の存続が危うくなるとしたら、やはり殺害せざるをえないか」

十津川は、原田孝三郎の身辺捜査に、全力を傾けることにした。原田をたぐっていけば、二階堂美紗緒に、そして高木晋作に行き着くはずだ。そう確信した。

2

一夜が明けた。

原田孝三郎が、水上バスに、二十二、三人の客を乗せて、自分が運転して、隅田川から東京湾に、向かって出発した。

その間に、十津川は、水上タクシーの車内の写真を撮り、指紋を採取し、そして、血痕がないかどうかを調べた。

司法解剖の結果によれば、明らかに溺死だが、他に、三橋里美の首筋に、小さな傷が、いくつかあったという報告もされてきていた。抵抗のあとである。

誰かが、彼女を押さえつけて、溺死させたということが、十分に考えられる。そして、殺しておいてから、水上タクシーを使って、隅田川の中ほどまで運んでいって捨てた。

その考えが正しければ、水上タクシーの車内に、三橋里美の血痕が付着している可能性があるのだ。

しかし、鑑識から届いた結果は、十津川を半ば喜ばせ、半ば失望させた。

失望のほうは、車内から、三橋里美の血痕も指紋も、見つからなかったという報告だった。

喜びのほうは、車内からいくつかの指紋が採取され、その中の一つが、高木晋作の指紋と、一致したのである。

翌日、十津川は、亀井と隅田公園のそばにある原田観光の事務所を、訪ねていき、その指紋を、原田に突きつけた。

「この指紋はですね、あなたが所有している、例の水上タクシーの車内から、採取されたもので、高木晋作の指紋と一致したんですよ。つまり、高木晋作は、少なくとも一回は、あの水上タクシーに、乗ったことがあるということです。どうですか、乗せたことがあるんじゃありませんか？」

十津川が、きいたが、

「誓っていいますが、私は、高木晋作さんには、会っていませんよ」

無表情に、原田がいった。

「それじゃあ、どうして、あなたが所有する水上タクシーの車内から、高木晋作の指紋が見つかったんですか？　それを説明できますか？」

「説明するもなにも、私は、この事務所ではなくて、マンションに帰って寝ます。夜はここにはいないんです。社員も同じです。なので、その気になれば、だれでも水上タクシーに乗ることはできますよ。東京湾遊覧の屋形船も、みんな青空繫留でしょう？ ちょっとしたいたずら心から、夜間に、水上タクシーや屋形船に入り込むのは、簡単ですよ。高木さんの指紋があったというのでしたら、彼が夜半に、勝手に乗った、ということでしょう。私の知ったことじゃありません」

「防犯対策は、とってますね？」

「防犯といっても、エンジンキーを会社のロッカーに保管しておくことと、繫留ロープに鍵をかけることくらいです。それで十分でしょう。東京だけでも、何百万台の自動車が、屋外の駐車場に置かれているか、分かりません。それと同じです」

「防犯カメラは？」

「まだ設置していません。あわただしい開業だったので、手が回らなかったんです。近いうちに取り付けるつもりです」

取りつくシマのない、やりとりだった。

防犯カメラは、意図して取り付けなかったのではないか、と勘ぐることもできる。少なくとも、高木晋作の行動が、終局を迎えるまでは、取り付けるつもりはないのではないか。

「高木晋作は、ここの水上タクシーに乗っています。そして、高木と生活をともにしていた三橋里美さんの溺死体が、隅田川の河口で発見された。これを、どのように感じられますか？」

原田の表情の変化を見逃さないように、十津川は、慎重にことばを重ねた。

「刑事さんのように、想像をたくましくしてみるなら、高木さんは、夜を見計らって、三橋里美さんと一緒に、ここにやって来たんじゃありませんか？　最初は、水上タクシーを見せるだけの、つもりだったのかもしれません。ところが、何かのはずみでケンカとなり、カッとなった高木さんが、三橋さんを溺れさせ、殺してしまった。死体の処理に困り、隅田川に流したところ、河口に向かって流れていった——。これでいいですか？」

からかうような響きがあった。隣で、亀井が苛立っていた。

「水上タクシーは、利用しなかったんでしょうか？」

十津川は、つとめて冷静に、質問をつづけた。

「エンジンキーは、ちゃんと保管していますし、繋留ロープにも施錠してありますから、水上タクシーは使えなかったでしょう」

「では、もし仮に、その場にいたのが高木ではなく、原田さん、あなただったとしたら、水上タクシーを利用することはできた、と考えていいですね？」

「論理的には、そういえますね。ただし、私はマンションにいましたから、事実とは違っていますが」

「もう一度、確認しますが、これまでに高木晋作と、会ったことはないと、おっしゃるんですね？」

「以前にも申し上げたように、高木さんには、ご両親の葬儀以来、一度も会ったことはありません。ただ、もう大丈夫だろうと思って、新聞広告を載せてしまったんです。高木さんも、それを見たのだと思います。それで、ここにやって来たんでしょう」

「今、『もう大丈夫だろうと思った』とおっしゃった。それは、どういう意味でしょうか？　何が、どのように、『大丈夫』なのか、そのわけも教えていただけますか？」

「そんなに、ことば尻をとらえないでくださいよ。私はもともと、高木さんのご両親の事故とは、何のかかわりもありません。高木さんに恨まれる、理由がないんです。もちろん、高木さんが誤解しているかもしれない、とは心配していましたが、会って、きちんと話し、もし誤解があったなら、その誤解をとくつもりでした。でも、今になっても、私の前に現れないということは、誤解はなかったんだと思います。それで新聞広告を出したんです」

「分かりました。そういうことにしておきましょう」

十津川は、それ以上、この点について、追及するのはやめた。まだ状況証拠だけで、原田を追い詰める決定的な証拠には、とぼしかった。

「以前、原田さんは、池袋でも、原田観光の名前で、営業しておられたと、おっしゃいましたね？　あれは事実とは違っていますね？」

「事実と違う？　私がウソをついていると、いわれるのですか？」

「池袋では、新東京観光という社名で、営業しておられた。しかし、三橋里美さんが、あなたを訪ねてきたのは、原田観光という名前を見て、やって来たのだと、おっしゃいました。どうしてですか？」

「そうですか。じゃあ、私の思い違いだったんでしょう。申し訳ありません。三橋さんが、私のところに来られたのは、偶然見つけたのか、それとも、私の会社を知ることができる、何かのツテを持っていたんですね？」

まだ原田には、余裕が感じられた。

（この余裕は、どこからくるのか？）

十津川は、いぶかしんだ。三橋里美を溺死させたのは、原田ではないのか？　原田でなければ、高木晋作ということになるが、高木が三橋里美を殺害する理由に、思い当たらなかった。

「それにしても、大きく事業を拡大されましたね」

「おかげさまで」

「そのための資金も、多額だったのでは？」

「池袋の会社でかせいだ分と、あとはあちこちからの借金ですよ。楽じゃありませんよ」

「水上バスとタクシーの製造も、次々と発注されているとか」

「よくご存じで。こんなご時世です、かえって強気の経営でなければ、この業界で生き残るのは、おぼつかないですよ」

十津川は、そこまでで、原田への尋問(じんもん)を打ち切った。

3

その日の捜査会議で、十津川は、自分の考えを、説明した。

「原田孝三郎は、明らかに、ウソをついています」

と、まず、三上捜査本部長に、いった。

「しかし君は、それ以上、追及しなかったそうだね？」

「はい、しませんでした」

「どうしてだ？　追及していれば、原田がボロを出していたんじゃないのか？」

「あれ以上、厳しく追及すると、原田孝三郎は、間違いなく、姿を消してしまいます。そう思ったので、あえて、追及しなかったのです」

「原田孝三郎という男は、今回の一連の事件の中で、いったい、どんな役割を、果たしていると思うのかね？」

「彼は明らかに、高木晋作と連絡を取っています。高木と話がついているんです」

「どう、話がついているのかね？」

「亀井刑事たちとも話したのですが、原田は、リストにあった三浦良介の居どころを、高木に教えた代わりに、生命を保証させ、さらに巨額の報酬を得たのです」

十津川は、原田観光設立の、これまでのいきさつを述べ、名古屋の自動車会社の担当者の話も、付け加えた。

「そうか、裏切り者は、原田だったんだな？　そうなると、今度は、仁科夫妻が危なくなる。まだ二人の手がかりはつかめんのかね？」

「残念ながらまだです。しかし、原田孝三郎が、実名で新聞に広告を載せたということから、仁科夫妻が、原田孝三郎に連絡をしてくることが、考えられます。仁科夫妻にしてみれば、次は、自分たちが殺されるかもしれないと、戦々恐々としているはずです。ですから、同じ奇兵隊仲間だった原田孝三郎に、連絡を取って、どうしたらいいか相談することは、十分に、考えられるからです」

「その推理が当たっているとして、その後をどう読んでいるんだ？」

「原田孝三郎は、高木晋作に、仁科夫妻の居どころを教えますね」

「それで、高木晋作は、仁科夫妻を殺すのか？」

「その可能性は大いにあります。というより、犯行に及ぶだろうと、確信しています」

「対策はとれているのかね？」

「われわれにとって、有利な点がひとつあります。仁科夫妻と高木が出会うには、必ず、原田を仲介しなければ、実現できないということです。逃亡中の高木も、行方をくらましている仁科夫妻も、足跡を追うのは、きわめて困難です。しかし、出会う場所は、原田のいるところだけです。刑事たちには、二十四時間態勢で、原田を張り込ませています」

「分かった。それでいいだろう。ところで、陰のスポンサーと見られる、二階堂美紗緒は、どこにいるのかね？」

「まったく分かっていません」

二階堂美紗緒が、近くにいることは感じられるのだが、十津川たちにも、彼女の居場所は見当がつかなかった。

「君の推理どおりだとするなら、今回の連続殺人に、すべてかかわっていることになるじゃないか。七年前の交通事故を再調査させて、疑惑をあぶり出し、高木晋作をたきつけた。中西博の居場所を、高木に教えた。そして刑期を終えて、高木が出所するのを待って、すぐさま、白石香苗を津和野におびき出して、高木に引き渡した。その次は、原田を見つけ出して、金の力で、三浦良介の居場所を聞き出した。陰のスポンサーというよりは、高木の共犯そのものじゃないか」

「おっしゃるとおり、二階堂美紗緒は、一連の事件を演出しているようです。二階堂が、今も高木と、行動をともにしているとすれば、二人で海外へ逃亡することも、考えておかねばなりません」

「なぜ彼女は、わざわざ火中の栗(くり)を拾うような、真似をするのかね？」

そこが分からない、といった表情で、三上がいった。

「われわれのおよびもつかない、心の世界があるのかもしれません。この連続殺人の終幕に、何か奇想天外な趣向を用意しているような、そんな予感をさせるような女です」

十津川には、謎めいた微笑を浮かべる、二階堂美紗緒の姿が見えたような気がした。

「あとは、仁科夫妻が、いつ原田に連絡してくるかだな」

「原田観光の新聞広告が出ましたので、仁科夫妻からの連絡は、すぐにもあるでしょう」

「というと、近いうちに、事件が起こるというのかね?」

三上が、身を乗り出してきた。

「いえ、高木と原田の二人も、われわれを警戒していると思います。これまでは、まったく手がかりがなかったため、高木も、思いどおりに犯行を重ねることができました。しかし、われわれが、すでに六人を特定したことを、高木は原田から知らされているでしょう。次の犯行の標的は、仁科夫妻しか残っていませんので、捜査がそこに集中するのも、覚悟しているはずです」

「原田は、どう動く?」

「三橋里美の事件で、身辺に捜査の手が伸びてきているのを知っています。ですから、たとえ仁科夫妻が連絡してきたとしても、原田は、すぐに高木と会わせることはないと、考えています。慎重に、ことを運ぶはずです」

高木が、仁科夫妻の前に現れるのは、半月後か、一カ月後か。

十津川は、持久戦になると、感じていた。

4

二十日(はつか)ほど経った。

これまで原田観光は、順調に営業をこなしていた。

東京での水上からの観光は、物珍しいのか、平日も、乗客が絶えなかった。

週末ともなれば、事務所の中で順番待ちをする客も見られた。水上バス一台では、やはり客を収容しきれない事態も、あるようだった。

原田観光に張り込んでいた、日下刑事が、出発しようとしている水上タクシーに、気づいた。

乗客は二人。

社長の原田みずからが、運転席に座り、後部座席には、中年の男女が乗り込もうとしている。

仁科夫妻の可能性がある。

原田の隣の助手席には、野球帽を目深にかぶった男が座っていた。

日下が、西本に合図した。

西本がうなずき、水上タクシーに、カメラを向ける。

日下はすぐに、十津川の携帯電話に、連絡した。

「今、原田の運転で、水上タクシーが出発するところです。客は二人です。中年の、夫婦らしいカップルです。二人の写真を、何枚か撮りましたので、それを送ります。顔を確認してください」

「仁科夫妻か?」

「ここからでは、はっきりとは分かりませんが、歳格好は似ています」

捜査本部に、緊張が走った。

机上のパソコンに、西本が撮った写真が五、六枚、送られてきた。中年の夫婦の横顔や後ろからのもの、そして原田と、助手席の男の、斜め後ろからのものがあった。

大きく拡大して、十津川たち刑事が全員で、確認した。

十津川も刑事たちも、仁科夫妻に、実際に会ったことはない。ただ、八年前に山口の地方紙に掲載された、集合写真で見たことがあるだけである。

「似ている。間違いない」

という刑事もいれば、

「似てはいるが、自信はない」

という刑事もいる。

「カメさんは、どう思う？」

十津川がきくと、

「私にも、断定できませんが、中年のカップルよりも、助手席のほうが気になりますね」

亀井は、助手席の男の後ろ姿を指して、いった。

「あの事務所には、若い男の社員が二人いたから、そのうちの一人じゃないのか？」

「いや、違いますね。社員なら、原田観光の帽子をかぶっているはずです。これは、どこかの球団の野球帽です。この男は社員ではありませんよ」

「中年カップルとは別の、乗客ではないのか？」

「以前に、水上タクシーに乗せてもらった時、原田は、客席は後部座席だけだと、いってませんでしたか？」

たしか、定員は六名だが、客は最大で四名まで乗れる、と原田はいっていた。つまり、助手席には、社員が乗るのだ。

客でも社員でもない男が、助手席に乗っている。

「それに、はっきりしませんが、助手席の男は、何かを抱えていますよ」

亀井が、男の首のあたりを指さした。

十津川も、刑事たちも、じっと目を凝らした。

男の右肩から斜めに、細い棒のようなものが、のぞいている。

「楽器かな？」

誰かが、いった。

たしかに、なにかの楽器の一部にも見えるが、よく分からない。ギターのヘッドに似ていた。しかし、それよりは細い。

「三味線ですよ！　三味線の棹の先です！」

刑事の一人が、叫ぶようにいった。

「まさか。なんで三味線なんだ？」

思わず、十津川も、大きな声を出していた。

「いや、分からんよ」

　亀井が、十津川を見た。

「例の都々逸ですよ。『三千世界の烏を殺し、主と朝寝がしてみたい』という、高杉晋作が作ったという、都々逸ですよ。みずから三味線を弾きながら、この都々逸を唄っていたといわれています」

　十津川は、唸った。亀井刑事の指摘は、いわれてみれば、それもそうだと思われるのだ。殺したい「三千世界の烏」とは、リストの六人であり、朝寝をしてみたいという、相手方の「ぬし」とは、二階堂美紗緒のことか？

「高杉晋作はいつも、三味線を手元に置いていた、といいます。三浦良介も、石垣島の観光案内会社の社長室に、三味線を置いていたじゃないですか。高木も高杉にならって、三味線を抱えているんですよ」

「それなら、殺人犯と犠牲者が、同じ車に乗っているようなものじゃありませんか？」

　北条早苗刑事が、いった。

　携帯を手にして、十津川は、日下と西本に怒鳴った。

「助手席の男は、高木晋作と思われる。リアシートの男女は、仁科夫妻の可能性が高い。このままだと、水上タクシーの中で、事件が起こる。何としてでも、それを防ぐんだ！」

5

日下と西本は、駆けだした。今まさに、隅田川に乗り出そうとしている水上タクシーに向かって走る。

「止まれ！　そのタクシー、止まれ！」

西本が叫んだが、水上タクシーは、水音を響かせて川面に突入すると、スクリューに切り替わって、進んでいく。

「呼んでも無駄だ。湾岸署に応援を頼んでくれ！　俺はタクシーを拾ってくる！」

叫んだ日下は、大通りに向かって走り出した。

西本は、携帯を使って、湾岸署に電話をかけ、水上タクシーの車体の色、乗っている人間のことなどを口にして、発見次第、人間ごと、確保してほしいと頼んだ。

日下のほうは、隅田公園の前の大通りに出ると、通りかかったタクシーを停めて、乗り込んだ。西本も走ってきて、そのタクシーに乗り込む。

西本が運転手に、警察手帳を見せて、怒鳴った。

「まず、言問橋（ことといばし）に行ってくれ」

タクシーが、言問橋の真ん中で止まった時、二人は飛び降りて、下を流れる隅田川に、目をやった。

遠ざかっていく水上タクシーが見えた。

「あれを捕まえたいんだ」

西本が、タクシーの運転手に、いった。

運転手が、笑って、

「無理ですよ。こっちは、水上タクシーじゃありませんから」

「君の会社の車は、この辺を、走っているんだろう？」

と、日下。

「そうですが、ウチには、水上タクシーは一台もありません」

「営業所に電話をして、空（あ）いている車があったら、あの水上タクシーを、陸上から探すようにいってくれ。たぶん、隅田川の河口から、東京湾に出ると思われるから、行く先を押さえたいんだ」

「営業所に、電話をしてみますけど、料金は、ちゃんと、払っていただけるんでしょうね？」

「もちろん、払うさ。それに、犯人を捕まえられたら、報奨金だって出るぞ」

と、西本が、いった。

運転手が、営業所に連絡を取る。

その間に、西本は、捜査本部にいる十津川に携帯をかけた。

「現在、隅田川に架かっている言問橋の上にいます。問題の水上タクシーは、橋の下を通って、河口のほうに向かい、姿が見えなくなりました。今、湾岸署に協力を要請し、また、この辺を走っているタクシーにも、応援を頼みました」

捜査本部で指揮を執る、十津川のもとに、M銀行六本木支店の支店長から、電話が入った。二階堂美紗緒が利用している銀行だ。

以前、亀井とともに六本木支店を訪れた際に、二階堂美紗緒の口座に動きがあった時は、知らせてくれるよう、頼んでおいたのだ。

「二階堂さまが、今日の午前中にいらっしゃって、預金を引き出されました。金額は十億円です」

「現金ですか？」

「はい、現金でお持ちになりました」

いくらセレブな住人が多い六本木とはいえ、十億円もの現金を、銀行の一支店が常時、用意しているなどということが可能なのか？

「お宅の支店では、十億円の現金を、即座に払い出しできるのですか？」

「それが二階堂さまに預金いただく時の、条件でした。いつでも即座に、ご用立てすることができるようにと」

現金ということになれば、十億円の札束は、いったいどれほどの重量になるのか？

十津川は、念のために確認した。

「約百キログラムです」

「それを、彼女が一人で運んだのですか？」

「お車までは、当行の者が、お運びしました」

「彼女は、何かいっていましたか？　その現金を何に使うのかとか、どこかへ出かけるとか？」

「いいえ、うかがってはおりません」

「彼女は、クレジットカードを持っていますね？」

「はい、もちろん。無制限のカードです」

つまり、クレジット支払いできないか、またはクレジット支払いをしたくない使途が、二階堂美紗緒にはあるのだ。

「海外旅行にでも、行くつもりですかね？」

十津川はきいた。

「かもしれません」

支店長が答えた。

6

十津川も、捜査本部で、指揮を執っていることができなくなって、亀井とパトカーに乗り、隅田川の河口に、向かった。

西本と日下の二人から、携帯に連絡が飛び込んでくる。

「今、問題の水上タクシーを、発見しました。やはり、河口から東京湾に出ていくものと見て、間違いありません」

と、西本が、いう。

「湾岸署のほうは、どうなんだ？　間に合うか？」

「分かりません」

「東京湾に出てから、どっちに向かっているんだ？　千葉（ちば）のほうか？」

「どうやら、その反対です。反対の横浜（よこはま）方面に、向かっています。われわれの乗っているタクシーは、陸の上しか走れませんから、時々、水上タクシーが、見えなくなってしまいます」

悔（くや）しそうに、西本が、いった。

「警視庁の航空隊に電話してある。上から監視してくれるはずだ」

十津川は、運転している亀井に、

「隅田川の河口は中止だ。羽田（はねだ）に向かってくれ」

と、いった。

「海外逃亡ですか？」

「ああ、そうとしか考えられない。たぶん、高木晋作は、途中で仁科夫妻を殺して、死体を海に捨てる。それから、水上タクシーは陸に上がって、羽田空港に向かうんだろう」

「二階堂美紗緒も一緒ですか？」

「二階堂美紗緒は、今日の午前中に、例の銀行に現れた。現金で十億円を引き出したそうだ」

「十億ですか。たしか前にも、一億円下ろしていたんじゃありませんか？」

「あれは、原田への報奨金だった。原田観光の立ち上げ資金になったはずだ」

「今度の十億円は、何に使うつもりでしょう？　海外での生活費ですか？」

「いや、無制限のクレジットカードを持っているんだから、百キロもする現金を持ち運ぶ必要はないだろう」

途方もない金額のため、咄嗟（とっさ）には使いみちを思いつかない。国内で逃亡生活をするなら、そんな巨額の資金は必要ない。海外へ逃げると考えるのが妥当（だとう）だ。しかし、クレジットカードを持っているのだから、やはり十億もの現金は必要ないはずだ。

「何かを買ったんじゃありませんか？」

「十億もの現金でか？」

「現金ならオーケーというものですよ」

それが何であるか、二人には、思いつかなかった。

十津川と亀井の乗ったパトカーは、首都高速を、羽田空港に向かっている。

「ところで警部、まだ分からないことが残っているのですが……。三浦良介の無人島の小屋に、高杉晋作の辞世の歌が残されていましたが、誰が書いたとお考えですか？
もし、三浦でもなく、高木晋作でもないとしたら、原田ですか？　関係者では、あと
は仁科夫妻と、三橋里美、二階堂美紗緒くらいですが」
「いや、仁科夫妻じゃない。高木から隠れるのに精一杯だったはずだ。原田だって、
三浦良介の生前に、住まいを訪れるとは思えない。もし裏切りが、三浦に知られてい
たら、自分の身が危うくなるからね。溺死事件のあとなら、なおさら来ないだろう。
人目につけば、警察に疑われるだけだ」
「じゃあ、書いたのはだれなんです？」
「私の感触では、二階堂美紗緒だ。三浦を溺死させた後に、残していったんだ。彼女
の心の中に、ポッカリと空いた虚ろなところがあって、そこに、高杉晋作の辞世の歌
が、ぴたりと収まったんだ。『おもしろきこともなき世』などと書くには、三橋里美
では若すぎるし」
「なるほど、そういわれれば、何となく分かるような気がします」
「カメさん、私はこう思うんだ。高杉晋作の奇兵隊には、国を守るという大義名分が
あった。けれど、〝現代の奇兵隊〟は、所詮は、お金のためだった。それぞれの人間
が成り上がろうとして、高杉晋作の生き方を、表面的になぞっただけだ。だから空中

分解してしまった」

十津川は、事件を追ううちに、そんな思いを募らせていた。被害者たちも、残った者たちも、高杉晋作を気取りながら、じつは、高杉晋作の精神とは正反対の方向へと突き進んでしまっていた。

「高木は今、三味線を抱えて、何を考えているのか、と思うね。高杉晋作を気取るうちに、それにとりこまれ、逃れられなくなったんだ」

7

やっと湾岸署のボートが、間に合った。

その視界に、問題の水上タクシーが、入った。

このままなら、間もなく追いつけるだろうと、湾岸署の人間が思った時、水上タクシーから、何か大きなものが、続けて二つ、水面に放り出された。水柱があがる。

「あれは、人間だぞ」

「縛(しば)られて、放り込まれたんだ」

「どうする？」

いった。

「もちろん、助ける」

仕方なく、湾岸署のボートは、その場に停まり、湾岸署の人間が、海に飛び込んで

十津川たちが乗ったパトカーが、羽田空港に着いた。

十津川は、亀井と手分けして、出発ロビーを見て回った。

だが、高木晋作や二階堂美紗緒の顔はなかった。どうやら、十津川たちのほうが、先に着いたらしい。

十津川と亀井は、このあとに羽田を出発する、国際線の乗客名簿を調べた。

「念のために、原田の名前もチェックしておいてくれ」

亀井には、そう伝えた。

「原田も、出国するんですか？」

「三浦良介の殺害までは、まだ部外者でいられたかもしれない。高木たちが、無事に出国してしまえば、あとは知らぬ存ぜぬで、通すこともできた。だが、三橋里美の溺死や、仁科夫妻のおびき出しにかかわっていることを、警察に疑われては、もはや選択の余地はないと、観念しただろう」

「会社を捨てて、ですね？」

「二階堂美紗緒という、大金持ちが一緒なら、安心して海外へも逃げるさ」

しかし、三人の名前は、どの便の名簿にも、載っていなかった。

「おかしいな。てっきり外国へ逃げるものと思っていたんだがね。なにしろ、二階堂美紗緒は十億円もの大金を下ろしているんだからね」

「こんな時は、常識的な発想にとらわれていては、いけないんでしょうね。十億円の現金ですか……」

腕組みをして、亀井がいった。

「いや、ひょっとすると」

そういったまま、十津川が、宙をにらんだ。

亀井がうなずいた。

「わかりましたよ。そうです。チャーター便ですよ。小さいジェット機なら、チャーターできるんじゃありませんか？」

十津川たちに、プライベート・チャーター便についての知識は、あまりない。すぐに空港の責任者に身分を明かして、調べてもらった。

やはり、あった。

二十四人乗りの双発小型ジェット旅客機。行き先は、タイのバンコク。

空港の隅に、チャーター機が駐機していた。

十津川と亀井は、真っ白な機体に向かって、歩いて行った。

タラップの下に、屈強(くっきょう)なガードマンが二人いた。

警察手帳を見せると、十津川と亀井は、タラップを上がって行った。

二人は、機内に入った。

座席は、全部で二十四席の、小さなジェット機だが、それでも広く感じたのは、機内に乗客が、たった一人しかいなかったからだ。

二階堂美紗緒が、一人で乗っていた。

十津川と亀井は、彼女の近くに、腰を下ろした。

二階堂美紗緒は、悪びれた様子もなく、じっと、十津川たちを見つめている。

写真よりも、目にきらきらとした輝きがあった。いつか、十津川が脳裏(のうり)に浮かべた、あやしい微笑を漂わせている。

三人とも無言だった。

十津川が、拳銃を取り出した。

亀井も同じように、拳銃を取り出す。

それに合わせたかのように、ドアが開き、二人の男が入って来た。

高木晋作と、原田孝三郎だった。

十津川が、ゆっくりと、二人に拳銃を突きつけた。

「ここが終点だ」

十津川が、いった。

本書『萩・津和野・山口殺人ライン』は、徳間書店より平成二十四年九月新書判で、平成二十六年三月文庫判で刊行されました。

なお、本作品はフィクションであり、実在の個人・団体などとは一切関係がありません。

萩・津和野・山口殺人ライン

一〇〇字書評

切・り・取・り・線

購買動機（新聞、雑誌名を記入するか、あるいは○をつけてください）

□（　　　　　　　　　　　　）の広告を見て
□（　　　　　　　　　　　　）の書評を見て
□ 知人のすすめで　　□ タイトルに惹かれて
□ カバーが良かったから　　□ 内容が面白そうだから
□ 好きな作家だから　　□ 好きな分野の本だから

・最近、最も感銘を受けた作品名をお書き下さい

・あなたのお好きな作家名をお書き下さい

・その他、ご要望がありましたらお書き下さい

住所	〒				
氏名		職業		年齢	
Eメール	※携帯には配信できません	新刊情報等のメール配信を 希望する・しない			

この本の感想を、編集部までお寄せいただけたらありがたく存じます。今後の企画の参考にさせていただきます。Eメールでも結構です。

いただいた「一〇〇字書評」は、新聞・雑誌等に紹介させていただくことがあります。その場合はお礼として特製図書カードを差し上げます。

前ページの原稿用紙に書評をお書きの上、切り取り、左記までお送り下さい。宛先の住所は不要です。

なお、ご記入いただいたお名前、ご住所等は、書評紹介の事前了解、謝礼のお届けのためだけに利用し、そのほかの目的のために利用することはありません。

〒一〇一－八七〇一
祥伝社文庫編集長　坂口芳和
電話　〇三（三二六五）二〇八〇

祥伝社ホームページの「ブックレビュー」からも、書き込めます。
http://www.shodensha.co.jp/bookreview/

祥伝社文庫

萩・津和野・山口殺人ライン　高杉晋作の幻想

平成29年1月20日　初版第1刷発行

著　者　西村京太郎

発行者　辻　浩明

発行所　祥伝社

東京都千代田区神田神保町3-3
〒101-8701
電話　03（3265）2081（販売部）
電話　03（3265）2080（編集部）
電話　03（3265）3622（業務部）
http://www.shodensha.co.jp/

印刷所　堀内印刷
製本所　積信堂
カバーフォーマットデザイン　芥陽子

Printed in Japan ©2017, Kyotaro Nishimura　ISBN978-4-396-34277-7 C0193

西村京太郎ファンクラブのお知らせ

会員特典（年会費2200円）

◆オリジナル会員証の発行
◆西村京太郎記念館の入場料半額
◆年2回の会報誌の発行（4月・10月発行、情報満載です）
◆抽選・各種イベントへの参加（先生との楽しい企画考案中です）
◆新刊・記念館展示物変更等のハガキでのお知らせ（不定期）
◆他、追加予定!!

入会のご案内

■郵便局に備え付けの郵便振替払込金受領証にて、記入方法を参考にして年会費2200円を振込んで下さい　■受領証は保管して下さい　■会員の登録には振込みから約1ヶ月ほどかかります　■特典等の発送は会員登録完了後になります

［記入方法］**1枚目**は下記のとおりに口座番号、金額、加入者名を記入し、そして、払込人住所氏名欄に、ご自分の住所・氏名・電話番号を記入して下さい

郵便振替払込金受領証　　窓口払込専用

口座番号	金額
00230-8-17343	2200

加入者名	料金（消費税込み）	特殊取扱
西村京太郎事務局		

2枚目は払込取扱票の通信欄に下記のように記入して下さい

通信欄
(1) 氏名（フリガナ）
(2) 郵便番号（7ケタ）※必ず7桁でご記入下さい
(3) 住所（フリガナ）※必ず都道府県名からご記入下さい
(4) 生年月日（19××年××月××日）
(5) 年齢　　(6) 性別　　(7) 電話番号

※なお、申し込みは、郵便振替払込金受領証のみとします。
メール・電話での受付は一切致しません。

■お問い合わせ（西村京太郎記念館事務局）
TEL 0465-63-1599

〈祥伝社文庫　今月の新刊〉

畑野智美
感情8号線
どうしていつも遠回りしてしまうんだろう。
環状8号線沿いに住む、女性たちの物語。

西村京太郎
萩・津和野・山口殺人ライン
高杉晋作の幻想
出所した男のリストに記された6人の男女が
次々と——。十津川警部VS.コロシの手帳!?

田口ランディ
坐禅(ざぜん)ガール
「恋愛」にざわつくあなた、坐ってみませんか？
尽きせぬ煩悩に効く物語。

沢里裕二
淫爆(いんばく)　FIA諜報員 藤倉克己
爆弾テロから東京を守れ。江戸っ子諜報員は、
お熱いのがお好き！　淫らな国際スパイ小説。

鳥羽　亮
血煙東海道　はみだし御庭番無頼旅
剛剣の初老、憂いを含んだ若き色男、そして
紅一点の変装名人。忍び三人、仇討ち道中！

喜安幸夫
闇奉行　凶賊始末
予見しながら防げなかった惨劇。非道な一味
に、「相州屋」が反撃の狼煙を上げる！

長谷川卓
戻り舟同心　更待月(ふけまちづき)
皆殺し事件を解決できぬまま引退した伝次郎
が、十一年の時を経て再び押し込み犯を追う！

犬飼六岐
騙(だま)し絵
ペリー荻野氏、大絶賛！　わけあり父子がた
くましく生きる、まごころの時代小説。

佐伯泰英
完本 密命　巻之十九　意地　具足武者の怪
上覧剣術大試合を開催せよ。佐渡に渡った清
之助は、吉宗の下命を未だ知る由もなく……。